Les Martyrs de Verdun

"La guerre est un massacre de gens
qui ne se connaissent pas,
au profit de gens qui se connaissent
mais ne se massacrent pas."

Paul Valéry

© 2023 Jean Pascal CAUSSARD
Édition : BoD - Books on Demand, info@bod.fr
Impression : BoD – Books on Demand, In de Tarpen 42,
Norderstedt (Allemagne)

Impression à la demande
ISBN : 978-2-3224-8866-7
Dépôt légal : Septembre 2023

Couverture conception et réalisation : JP Caussard

Contact : jpcaussard@gmail.com
Facebook : Jean Pascal CAUSSARD - Auteur

Avant-Propos

Cette histoire est basée sur des situations vécues, sur des témoignages et sur des courriers envoyés à leur famille (et non censurés) par des hommes qui ont combattu à Verdun ou dans d'autres lieux tout aussi inhumains au cours de la Première Guerre Mondiale.

Certains de ces hommes étaient français, ou allemands ou d'une multitude de nationalités, tous unis dans la même souffrance ou dans la mort.

Certains passages sont crus, durs, insoutenables et pourtant ils ne représentent qu'une infime partie de ce que ces hommes ont subi et enduré…

Hiver 1939, les événements se précipitent. Les discours alarmistes se font plus pesants, plus précis, plus réels. Les belles paroles de paix s'éloignent et se dissipent au point d'en devenir inaudibles, perdues dans un maelstrom fait de fausses promesses et de vrais mensonges, de diplomatie et de trahison, d'alliances et de menaces, de leurres et de crédulité. L'Europe semble proche de l'implosion, portée par les idées extrémistes de tous bords. Petit à petit, les voix des militaires prennent le pas sur celles des politiciens et des gouvernants.

Ce dimanche, mes parents sont allés passer l'après-midi chez des amis, moi j'ai préféré rendre visite à mon grand-père qui habite une petite maison à l'orée de la forêt ; j'aime tant sa compagnie. Nous restons de longs moments à débattre avec passion de l'actualité. Il m'apporte beaucoup dans le cadre de mes études de journalisme. Il m'oblige à décortiquer chaque information, à la croiser avec différentes sources, à tenter de comprendre ce qui a motivé celui qui l'a écrite, à rechercher le prisme à travers lequel il l'a interprétée.

Pourtant, aujourd'hui, il semble moins enclin à parler. Je perçois de la tension en lui. Sur la table basse qui nous sépare, plusieurs journaux sont éparpillés. Toutes les unes traitent du même sujet et cependant, leurs contenus sont très contrastés. Certains annoncent une guerre imminente et inéluctable, d'autres mettent l'accent sur les accords signés par la France et l'Angleterre d'un côté, l'Allemagne, l'Italie et le Japon de l'autre qui empêcheront tout affrontement par l'ampleur des forces en présence dans les deux

1

blocs, d'autres encore oscillent entre ces deux idées. Certains sont sûrs de leur fait, les autres plus enclins au doute.

- Ça n'a pas l'air d'aller, grand-père.
- Ils sont devenus fous ! Tout recommence ! Ils n'ont pas été capables de tirer les enseignements du conflit précédent. On avait dit "plus jamais ça", mais ils refont les mêmes erreurs. Je ne pensais pas devoir revivre ça. "Si j'avais su, je me serais laissé crever à Verdun", lance-t-il avec une fureur à peine contenue.

Lui, habituellement si calme et mesuré, est rouge de colère. Il crie presque, laissant éclater sa rage et sa haine à l'encontre des politiciens qui nous gouvernent.
- Tu te trouvais à Verdun ? Tu ne m'en as jamais rien dit.

Il plante ses yeux droits dans les miens, semblant fouiller mon cerveau. Son regard se fait intense et pénétrant, empli de gravité.
- Oui, j'y étais, mais je ne l'ai jamais raconté à qui que ce soit. Personne ne m'aurait compris, ni même cru. Je vais te relater ce que j'ai vécu là-bas, car je pense que tu as l'esprit assez ouvert et réceptif pour ça, mais ce sera la première et la dernière fois. Ne m'interromps pas !

Son regard se perd dans le vide, il voit à travers moi, au loin vers la Meuse, il y a vingt-cinq ans.

Théoriquement, vu mon âge, j'aurais dû être versé dans la territoriale, mais l'armée et les mystères de son organisation, en ont décidé autrement. Début juin 1915, après un an passé à l'arrière, dans l'intendance, j'arrive sur mon nouveau lieu d'affectation, au nord-est de Verdun.

Comme sur une grande partie du front, sur plusieurs centaines de kilomètres, nos troupes se sont enterrées. Nous troquons nos fusils contre des pelles et des pioches et nous creusons. Nous vivons dans un réseau de galeries, d'abris, de lignes de défense, de boyaux de communication. Nous récupérons tout ce qui peut être utilisé pour améliorer nos conditions de vie. De simples planches ou des plaques de tôle ondulée constituent un matériau de choix. Nous les employons pour construire un semblant de toit, des châlits, des casemates et pour renfoncer les parois des tranchées qui ont une fâcheuse tendance à s'écrouler par temps de pluie, et il pleut beaucoup par ici.

Nous utilisons des pieux en bois, des branches entrelacées et des sacs de sable en guise de murs et de protection. Quand on en a assez de piocher et de pelleter cette glaise qui colle aux outils, on s'assoit et on discute, ou on se traine sans but. Nous demandons aux anciens le pourquoi de notre présence ici. Tout paraît si calme sur cette partie du front, trop calme ; la guerre semble se dérouler autre part. "On n'en sait fichtrement rien", nous répondent-ils, "certains prétendent que ça va péter du côté de la Somme".

En face, nos adversaires doivent se trouver dans la même situation que nous, eux aussi se sont enfouis dans la terre et attendent. Deux armées de taupes se font face depuis des mois.

Deux semaines après notre arrivée, on nous envoie attaquer les lignes ennemies, pour tester leurs défenses, nous dit-on. Nous sommes réveillés à l'aube. Nous observons le rituel auquel s'adonnent les anciens du front et on fait comme eux. Déjeuner, vin à volonté et un coup de gnôle en prime ; on sait ce qui nous attend, alors on picole plus que de raison. Puis nous nous mettons en position, debout, serrés les uns contre les autres, fusil à la main, baïonnette au canon, les échelles de bois appuyées sur la paroi de la tranchée, on attend. Depuis l'arrière, notre artillerie canarde les frisés. On entend passer les obus au-dessus de nos têtes, puis on aperçoit les gerbes de terre qui montent vers le ciel depuis les lignes allemandes. Plus d'une demi-heure de bombardement ininterrompu.

Soudain, tout ce vacarme s'arrête. Puis, ce méchant silence est déchiré par un coup de sifflet, puis dix, donnant le signal du départ, celui de la curée. Les officiers sifflent sans discontinuer, on dirait des policiers fous. Comme un seul homme, on escalade les quelques échelons qui nous amènent hors de notre cachette et on court en hurlant, telle une horde de damnés, vers les positions allemandes, d'où part déjà un feu roulant d'armes en tous genres. Les premiers d'entre nous sont équipés de planches qu'ils sont censés jeter sur les barbelés pour nous permettre de les passer sans nous y emberlificoter. Mais la plupart sont tués avant d'y parvenir ; alors nous franchissons ces ronces de métal en piétinant les corps morts, mourants ou blessés de nos camarades.

Là-bas sur la droite, j'aperçois des pantins désarticulés qui s'élèvent dans les airs, au milieu d'une gerbe de terre. Les pauvres gars traversent un nouveau champ de mines que les Allemands ont dû disposer à la faveur de la nuit. On entend les balles siffler de tous côtés, les bruits sourds et mous de celles qui pénètrent dans les corps. Les camarades tombent comme des mouches, déjà les rangs s'éclaircissent. Tout en courant, on tire au petit bonheur la chance et parfois, c'est un copain qui nous précède qui reçoit la balle que nous destinions aux salauds d'en face.

Je trébuche sur un cadavre et m'étale de tout mon long, la figure dans la boue. Un sous-officier, sorti de je ne sais où, m'injurie et m'insulte tandis que je tente de me remettre debout. Il est là à s'agiter et à vociférer au-dessus de moi quand un éclat d'obus lui emporte la moitié du visage, un autre lui arrache un bras, le sang gicle et m'éclabousse. Il tourne sur lui-même et s'effondre. À moitié sonné par le souffle des deux explosions, je me relève tant bien que mal et, poussé par je ne sais quelle force, je reprends ma course à la mort. Ça mitraille de partout, les balles sifflent, des grenades éclatent de tous côtés. Les premiers se trouvent encore à plus de cent mètres des défenseurs boches et nos rangs se sont sérieusement clairsemés.

Nouveaux coups de sifflet, mais cette fois c'est l'ordre de repli. Tout le monde fait demi-tour. Ceux qui nous devançaient se retrouvent à l'arrière des assaillants en débandade, mais ce sont toujours eux les premiers à se faire tuer, parce que les Chleuhs continuent de nous tirer dans le dos. Je cours comme un dératé, saute dans la tranchée, tombe sur celui qui me précédait. D'autres arrivent et plongent à leur tour dans l'abri. Nous sommes tous hors d'haleine, nous tentons de reprendre notre souffle. Nous aidons les derniers, souvent des blessés autour desquels des infirmiers s'agitent déjà. Quand tous les valides sont revenus, le silence se fait, du moins celui des armes. Car maintenant, nous percevons distinctement les cris, les gémissements, les plaintes et les supplications de ceux qui sont restés sur le carreau.

Tout l'espace devant nos yeux n'est qu'un champ de cadavres et de mourants. Il y en a un à moins de cinq mètres de nous, je sors la tête pour l'apercevoir ; il doit avoir les reins brisés, car, malgré nos encouragements, il n'arrive même pas à se trainer vers nous. Inconscient du danger auquel je m'expose, je me relève un peu plus pour aller le chercher, mais un choc au front me projette en arrière et je me retrouve étendu sur le dos, assommé. Un liquide visqueux coule sur mes tempes. Au-dessus de moi, je vois des visages qui me parlent, je réalise que je suis blessé, mais vivant. On me déplace, on m'allonge sur une planche, un infirmier inspecte ma tête et me pose un bandage qui me recouvre en partie l'œil droit. Puis on m'aide à me relever et on me tend mon casque. "Ce n'était pas ton jour, tu as eu de la chance". Je contemple, incrédule, la coque d'acier. Sur le dessus, il y a un gros trou rond, assez large pour y entrer le doigt ; à quelques centimètres près, j'y restais.

En fin d'après-midi, médecins et infirmiers partent à la recherche des vivants ; brandissant ostensiblement leurs fanions blancs, ils sautent de blessé en blessé, armés d'une seringue. Ils piquent dans les chairs d'un gisant, faute de réponse, ils passent au suivant. S'il réagit, ils font signe aux brancardiers qui, courbés en deux, rasant le sol, viennent récupérer le malheureux. Ceux d'en face font la même chose. Les deux adversaires respectent une sorte de trêve tacite, personne ne tire, mais il vaut mieux prendre ses précautions ; on ne sait jamais. Parfois, on les aperçoit communiquer par gestes avec leurs homologues de l'autre camp, pour leur indiquer la présence d'un de leurs soldats encore en vie. Une parenthèse d'humanité dans cette période de folie furieuse et bestiale.

Nous aidons les infirmiers à descendre les civières dans la tranchée. Au passage, nous reconnaissons certains de nos camarades blessés, estropiés ou morts. D'autres sont impossibles à identifier, il ne leur reste que la moitié du visage, la joue pendante, la mâchoire absente ou disloquée. Nous assistons à un défilé de pauvres gars aux chairs tuméfiées, hachées, brûlées et aux membres broyés ou arrachés. Le sang coule des plaies béantes, les boyaux et les viscères débordent des abdomens éventrés, les os brisés transpercent la peau, les bras ballent à peine retenus par des lambeaux de tendons ou de muscles. Les plus chanceux sont inconscients, les autres geignent, râlent, pleurent, appellent à l'aide ou réclament leur mère ; certains supplient qu'on mette fin à leur souffrance, qu'on les achève. Je manque de m'évanouir à la vue de cette scène immonde et inhumaine. Les plus anciens d'entre nous, ceux qui possèdent plusieurs mois d'expérience du front, semblent accepter cet horrible spectacle, comme résignés, emprunts de fatalité face à cette réalité ignoble. Nous, les nouveaux, fraichement arrivés de l'arrière, nous vomissons nos tripes, certains tournent de l'œil.

Quelques secondes de silence, les yeux dans le vague, déconnecté de l'instant présent il poursuit son récit.

Et puis, avec les premières pluies d'automne, tout s'arrête. Le front retrouve un certain calme, à peine quelques escarmouches de-ci de-là. Les généraux sont partis jouer sur un autre champ de bataille. Il se confirme que quelque chose se prépare du côté de la Somme. D'ailleurs, une partie de ceux qui étaient cantonnés dans notre secteur y a été envoyée. Nous avons une pensée pour les pauvres gars qui re rendent là-bas, mais égoïstement nous préférons que ce soit eux plutôt que nous.

Auguste et moi avons eu de la chance, nous restons dans la région de Verdun où rien ne devrait se passer. Auguste est, comme moi, originaire du Loiret. Nous habitons à quelques kilomètres de Pithiviers, moi à Malesherbes et lui dans le hameau de Pinçon. Nous nous trouvons rapidement des connaissances en commun : son frère ainé avec qui je suis allé à l'école ; Marthe, une cousine à lui qui a été ma première petite amie, nous avions à peine dix ans. Nous avons fréquenté les mêmes lieux, notamment le château de Malesherbes où ma mère était cuisinière ou celui de Rouville où nous avons tous deux joués aux chevaliers du moyen-âge. Nous découvrons également, après avoir posé la question à nos parents respectifs, que nos pères se connaissent pour faire partie de la même société de chasse. Ainsi, nous devenons rapidement les meilleurs amis du monde et nos discussions sans fin nous aident à passer le temps.

Les journées paraissent interminables, l'attente est insupportable. Après le traditionnel branle-bas de combat du matin, puis une inspection sommaire vient l'heure du déjeuner. Ensuite, il faut se coltiner les corvées ; pour les moins chanceux c'est le nettoyage des latrines, pour les autres le remplissage des sacs de sable pour rehausser la tranchée, ou la réparation des caillebotis qui ne résistent pas à l'immersion permanente dans l'eau et la boue et au passage continu des hommes. Pour nous occuper, nous étayons et consolidons tout ce qui peut l'être, nous renforçons nos défenses et nous tentons d'améliorer notre confort. Pour autant qu'on puisse parler de confort.

Ceux qui ne sont pas affectés à ces tâches partent au ravitaillement et au courrier. On ne peut pas dire que cela soit une corvée, au contraire. Manger, boire et lire les lettres de nos proches nous permet de nous sentir vivants physiquement et moralement. Une gamelle de brouet bien chaud fait plus qu'un bon feu de bois. Une ration de biscuits, même s'ils sont durs et fades, nous apporte un peu de douceur. Les cuistots font tout ce qu'ils peuvent pour nous concocter des plats en fonction des arrivages : poulet à la sauce tomate, bœuf mijoté dans un bouillon préparé à partir de soupe en boite, riz aux champignons.

On a de la viande en abondance, mais on aimerait bien disposer de légumes et de fruits, mais les produits frais sont souvent avariés à leur arrivée ; lorsqu'ils parviennent jusqu'à nous. Avec un peu de débrouillardise, on réussit parfois à récupérer une bouteille de gnôle qu'on cache au fond de la musette pour faire la surprise aux copains. Quand on rejoint notre position, ils ont installé des toiles de tente en guise de nappes sur des caisses en bois et dressé le couvert. Une sorte de rituel qui nous rappelle nos foyers.

À peine arrivés, nous sommes entourés de regards interrogateurs. Tandis que j'extrais la nourriture des sacs et que je mets la soupe à réchauffer, notre sergent distribue le courrier. Il annonce les noms des veinards qui en ont reçu ; des mains se tendent pour le récupérer. Par respect pour ceux qui n'ont rien, on attend avant de les ouvrir. Le vaguemestre du jour appelle "Louis Bonnet", déclenchant une vague de tristesse, un profond silence et un grand malaise. Les visages se ferment, les épaules se tassent. Louis est mort ce matin, au cours d'une soi-disant opération de reconnaissance des champs de mines, fauché par la mitraille. La distribution se poursuit gommant un peu notre chagrin. On a beau en avoir l'habitude, ça nous fiche le bourdon à chaque fois ; mais pour nous, la vie continue.

On partage les vivres et on fait réchauffer le frichti. Lorsque nous sommes rassasiés, on se fait une grosse sieste, tandis que les chanceux se mettent à l'écart pour relire leur courrier ou déballer leur trésor. C'est l'occasion d'avoir des nouvelles de la famille, des amis, des voisins, des moissons, des vendanges, parfois avec une photo des enfants. Généralement, elles sont bonnes, mais on sent bien que la vie est dure pour eux également, et qu'on nous cache les mauvaises. Notre moral dépend beaucoup de leur contenu. Pierrot est fier, car sont fils a réussi à son certificat d'études, alors nous le somment aussi ; on partage tout ici. Les moissons ou les vendanges se sont bien déroulées malgré l'absence de bras. Gustave saute joie en apprenant qu'il est le père d'une petite fille prénommée Ginette. Un peu plus loin, Dédé pleure la mort de son père, renversé par un cheval emballé ; la lettre a mis plus d'une semaine à nous arriver et son enterrement a déjà eu lieu il y a trois jours, il devra attendre sa prochaine permission pour aller se recueillir sur sa tombe.

Aller à la popote, c'est aussi l'occasion de rencontrer des camarades affectés dans différentes unités, de parler d'autre chose que de la guerre. On se raconte les anecdotes comiques de la veille. On se donne des tuyaux et des astuces pour améliorer le quotidien et même des recettes pour accommoder l'infâme contenu des boites de ration. On échange des nouvelles de nos familles respectives, on se trouve des connaissances et des lieux en commun. On se montre des photos de nos femmes, de nos enfants. On évoque les difficultés auxquelles ils doivent faire face, le courage et la volonté dont ils font preuve. Parfois, on ouvre ensemble les colis reçus de nos proches ou de la Croix-Rouge et on troque leurs contenus ; une boite de pâté contre cinq paquets de tabac, des gâteaux faits maison pour une tablette de chocolat. On lit les journaux, on les commente ; systématiquement, le ton monte un peu lorsque les discussions dévient sur la politique, mais ça reste bon enfant. Puis on se donne rendez-vous pour le lendemain ou le jour d'après ; en espérant qu'il aura bien un lendemain. Tout un tas de petits riens qui soutiennent notre moral.

On ne se bat pas, mais il ne faut pas croire que nous nous sentons mieux pour autant. Nous vivons dans un mélange d'oisiveté et d'anxiété. Nous disposons maintenant de temps libre pour penser, pour réfléchir et pour discuter entre nous. Les sujets abordés sont toujours les mêmes ; la guerre, le froid, les morts, les disparus, les estropiés, les malades, les rats qui pullulent, les poux qui nous dévorent, la pluie qui ne s'arrête pas, la boue qui envahit tout et l'angoisse de savoir de quoi demain sera fait. Avant, c'était plus simple, il n'y avait qu'une alternative : soit on montait à l'assaut des lignes ennemies, soit on repoussait celui des boches. Au moins, on ne se posait pas de questions. Alors que là, on s'en pose trop et on n'a pas les réponses. Pour combattre l'inaction, on joue aux cartes, on fume et on picole. Parce que s'il y a deux choses dont on n'a jamais manqué, c'est bien de tabac et de pinard. Ils sont pareils tous les deux. Ils ont mauvais goût, ils brûlent la gorge, ils sont âcres et râpeux et ils nous tuent à petit feu, mais ils nous aident à oublier, à ne pas penser.

L'énervement et l'alcool créent des tensions, le ton monte pour tout et n'importe quoi, des bagarres éclatent. Certains craquent, comme Mathieu, qui après avoir appris que sa femme est morte en couche, se prend une bonne cuite. Et alors que nous le croyons affalé dans un coin à cuver sa piquette, il empoigne son fusil et escalade la tranchée. Avant que nous ayons eu le temps de le retenir, il est déjà en train de courir vers les lignes ennemies, baïonnette au canon, hurlant tel un démon. Deux détonations claquent et le pauvre diable est touché aux jambes. Un infirmier grimpe l'échelle pour aller le secourir, mais malgré le fanion blanc qu'il agite au-dessus de sa tête, plusieurs balles sifflent à ses oreilles et prudemment, il redescend et abandonne le malheureux à son triste sort. Il mettra deux heures à se vider de son sang et à crever, gueulant comme un porc qu'on égorge, sans que l'on puisse faire quoi que ce soit pour lui venir en aide.

Pour tuer le temps, chacun se cherche des activités. Robert le mécano de Clermont-Ferrand s'adonne au dessin ; il représente, à l'aide de morceaux de charbon de bois, des scènes de la vie courante, de notre vie. On se demande comment il peut avoir un coup de crayon aussi fin et précis avec ses gros doigts boudinés et calleux. Il parvient à reproduire des sentiments, avec une extrême sensibilité.

Lulu, un ébéniste, met la touche finale aux pions d'un jeu d'échecs sculptés au couteau dans du bois de hêtre.

Nono, lui, occupe le plus clair de son temps à lire, et relire, les lettres reçues de sa femme. Il lui écrit chaque soir un compte-rendu de la journée, mais faute d'événements à y relater, il n'expédie qu'un courrier toutes les deux semaines.

Pendant ce temps-là, Hippolyte, dit l'arsouille en raison de son passé trouble, est le spécialiste du ravitaillement spécial. Il récupère, auprès de nous, tout ce qui peut avoir une valeur marchande. Cela va des cigarettes des non-fumeurs, aux restes de colis en passant par des pièces d'uniformes allemands, des planches de bois, des clous, des masques à gaz et que sais-je encore. Une ou deux fois par semaine, il nous quitte en milieu de matinée et ne rentre qu'en toute fin de journée, les bras chargés de victuailles et de divers objets que nous lui avons commandés. Notre lieutenant, grand fumeur de cigares avant la guerre, ferme les yeux tant qu'il bénéficie de ce marché noir.

Il y a aussi Eugène, Gégène, qui a récupéré un harmonica sur un soldat boche et qui a entrepris d'apprendre seul à en jouer. Les débuts ont été un peu difficiles, faute de toute formation musicale et à plusieurs reprises nous avons dû le menacer de lui faire bouffer son instrument s'il n'arrêtait pas de nous casser les oreilles. Mais, maintenant, il se débrouille plutôt bien et il nous accompagne lorsque nous entonnons "Sous les ponts de Paris", "La Madelon", "Ma p'tite Mimi" ou "La petite Tonkinoise".

Les autres se distraient comme ils peuvent en jouant aux cartes, aux dames, aux dés ou aux dominos ou en cherchant à améliorer leurs conditions de vie.

J'allais oublier Camille, un charmant jeune homme de la bourgeoisie catholique versaillaise, moustache en guidon de vélo, élevé à la dure dans le plus strict respect des règles de bienséance. Fils de banquier et employé dans l'établissement familial depuis la fin de ses études supérieures, promis à une brillante carrière, fiancé à la fille d'un riche avocat et marié quelques jours avant de partir à la guerre. Et bien lui, son passe-temps favori, c'était de faire des cartons sur les boches imprudents. Il pouvait passer des heures entières, les yeux rivés à ses jumelles ou à son périscope, son éternel fume-cigarette au coin de la bouche, à scruter les tranchées adverses à la recherche d'une cible, d'une tête qui dépassait. Il flinguait régulièrement un ou deux fridolins par jour. Afin d'éviter d'être repéré et l'objet de représailles de la part de ceux d'en face, il changeait de poste d'observation après chaque coup. Mais depuis quelques semaines, il s'est lassé de ce petit jeu ; les boches se montrent plus prudents et notre sergent lui a demandé de mettre un terme à son tir aux pigeons, de crainte de briser le précaire cessez-le-feu.

Mais c'est essentiellement à la faveur de la nuit que l'activité se fait plus intense et beaucoup plus dangereuse. Plus intense, car les tireurs embusqués ne voient rien dans la pénombre, alors on peut prendre le risque de sortir de nos abris. Des équipes sont formées pour différentes taches en dehors de la tranchée, dans la zone neutre. Une vraie armée de rampants se met en mouvement. Certains partent pour réparer ou dérouler des barbelés, d'autres pour enterrer de nouvelles mines, d'autres encore pour creuser un boyau vers une future tranchée. Mais ces incursions hors de nos abris protecteurs ne sont pas sans risques, car au moindre bruit, les boches envoient des fusées éclairantes pour nous repérer et nous éliminer.

Enfin, il y a ceux qui ont pour mission de s'approcher des lignes ennemies afin de collecter des informations sur le nombre de soldats présents, la qualité de leurs installations, les défenses mises en place ou l'armement dont ils disposent. Parfois, ils reviennent avec un prisonnier pour lui soutirer des renseignements. Il est accompagné à l'arrière et, là-bas, on l'invite à répondre aux questions qui lui sont posées. Celui, qui dans un premier temps s'y refuse, devient soudain extrêmement prolixe et intarissable, lorsque ses interrogateurs emploient la manière forte. Il est l'objet de privations de sommeil, d'eau et de nourriture et, si ce n'est pas suffisant, il a droit aux coups, à un passage à tabac et à la torture. Évidemment, ceux d'en face opèrent aussi des raids dans nos lignes ; gare à l'intrus qui se fait attraper. Il passe un sale quart d'heure. Je me souviens d'une nuit où deux de nos camarades ne sont pas revenus de leur expédition nocturne ; au petit matin, nous les avons les aperçus, pendus à la branche d'un arbre alors, nous avons fait la même chose quelques jours plus tard avec un des leurs.

À la fin de l'automne, nous participons à une nouvelle activité : le minage souterrain. Nous donnons un coup de main à une section de sapeurs-mineurs du Génie. Ce sont des travailleurs des mines du charbon du nord de la France qui ont la responsabilité de cette besogne. Leur mission consiste à percer des galeries souterraines à partir de nos lignes jusqu'à celles de l'ennemi. Ils déposent alors une charge explosive avec une mèche lente dont la longueur est suffisante pour leur permettre de ressortir à l'air libre avant la déflagration. C'est vraiment un sale boulot, car, faute de temps et de matériel adapté, leur galerie est mal étayée et risque de s'effondrer à tout instant. Le ruissellement des eaux de pluie et le manque de planches n'arrangent rien. Pendant deux semaines, nous creusons avec entrain en nous délectant par avance du spectacle que ce sera de voir les fridolins voler dans les airs.

Puis, les mineurs nous interdisent l'accès au chantier et nous intiment l'ordre de nous cantonner au pompage de l'air, indispensable pour respirer dans le boyau de terre, et à l'extraction des gravats. Lorsque nous leur en demandons les raisons, ils nous expliquent que plus nous nous approchons des lignes ennemies et plus nous courrons le risque d'être repérés. En effet, d'un côté comme de l'autre, se trouvent des hommes équipés de sortes de gros stéthoscopes qu'ils collent à la paroi ou au sol, cherchant des bruits de pioches ou de pelles. Si on est détectés, soit ils creusent une contre-mine, un camouflet, en dessous de la nôtre, soit ils passent par le haut pour faire tout sauter ; dans les deux cas, on est cuits.

Ils ne croient pas si bien dire. Deux semaines plus tard, nous croisons une équipe de sapeurs alors qu'ils entrent dans leur souterrain. Ils sont chargés d'explosifs et de rouleaux de cordeau détonant. "C'est le grand jour du feu d'artifice, nous disent-ils rigolards. Dans une heure, quand vous nous verrez revenir, ce sera le signal du fabuleux spectacle de la mort venue des entrailles de la Terre".

Alors nous attendons, les yeux rivés aux périscopes de fortune que nous nous sommes fabriqués à l'aide de quatre planches et deux morceaux de miroir. Nous imaginons nos sapeurs rampant sous la terre dans leur étroit tunnel, poussant leurs musettes remplies de dynamite devant eux, tandis que des camarades actionnent les pompes à air. Nous évaluons leur progression, cela fait une demi-heure qu'ils sont entrés dans ce sombre boyau, ils doivent être pratiquement arrivés à destination. Mais alors que nous les pensons en train de se préparer à installer leurs charges de mort, une gerbe de terre et de pierres s'élève à plus de dix mètres de haut, puis le bruit d'une double explosion parvient à nos oreilles.

Deux d'entre eux, restés à l'extérieur pour dérouler la ligne de vie, baissent la tête, mortifiés. Nous nous précipitons pour proposer notre aide, pour évacuer les malheureux de cet enfer. Ils nous arrêtent du geste. Ils ont été repérés par les boches et ces salauds les ont dynamités. Il n'y a plus rien à espérer, aucune chance que l'un d'eux s'en soit sorti vivant. S'ils n'ont pas été tués par l'explosion elle-même, la pression dans le conduit a dû être si intense qu'ils ont été désarticulés et démembrés, les tympans éclatés, les os broyés. Les tonnes de terre qui se sont abattues sur eux ont terminé le travail, ce tunnel constituera leur tombe. Des larmes glissent sur leurs visages poussiéreux, ils remballent leur matériel et partent sans un mot, les épaules basses et le pas lourd.

Les Martyrs de Verdun

Un rictus tord la joue de grand-père, une sorte de sourire triste et mauvais.

Pendant plus d'un mois, il pleut sans discontinuer. L'eau coule sur nos casques, s'insinue sous nos vêtements, imprègne nos uniformes, nos caleçons, nos tricots de peau et nos godillots. Le ruissellement sape les parois de terre qui s'effondrent en permanence et remplit la tranchée de boue. Nous entreprenons de construire un nouveau chemin surélevé, à base de pierres et de planches, qui nous permettra de ne plus devoir marcher dans cette gadoue qui noie le fond de notre fosse et le transforme en cloaque. Mais le bois à moitié pourri ne résiste pas au passage continu des hommes et nous nous retrouvons de nouveau à patauger dans vingt-cinq centimètres d'une terre glaise qui colle aux chaussures ; nos pieds pèsent plusieurs kilos chacun.

Nos bandes molletières sont en permanence trempées et sales et nous ne les enlevons même plus pour nous laver, les rares fois où l'occasion se présente. Nous n'avons pas d'assez d'eau claire pour cela, et nous buvons le peu que nous parvenons à récupérer et le plus souvent nous nous contentons de celle que nous collectons lors des pluies. L'intendance est déplorable et nous n'avons droit qu'à une douche par semaine, le reste du temps, nous vivons crasseux et pouilleux, au sens propre du terme. Les poux ont envahi nos corps, nos têtes, nos habits et les quelques paillasses dont nous disposons pour nous reposer.

Puis, l'hiver est arrivé soudainement, accompagné d'un froid sec, glacial et pénétrant. Nous avons beau nous couvrir de couches successives de vêtements, nous grelottons de jour comme de nuit.

Nous fabriquons un poêle à partir d'une chaudière récupérée sur une cuisine de campagne mobile, à demi détruite par un obus. Il reste allumé du matin au soir et nous l'alimentons en permanence avec tout ce que nous trouvons à y brûler. Il dégage plus de fumée que de chaleur, mais c'est toujours mieux que rien.

Mi-décembre, le ciel vire soudain du bleu à un gris sale et uniforme. La température se fait plus douce, mais nous nous retrouvons enveloppés d'une brume humide qui détrempe tout. Mais ça ne dure pas, la semaine suivante, la neige arrive. Ce sont d'abord de petits flocons qui virevoltent dans l'air et se volatilisent au contact du sol, puis de plus gros, lourds et denses, qui s'accrochent aux vêtements et tapissent rapidement les alentours d'un épais manteau ouateux. Au petit matin, nous peinons à reconnaître le paysage, tout est devenu blanc, gris et lisse. Le soleil ne parvient pas à percer la masse nuageuse qui nous recouvre et ne dispense qu'un éclairage diffus. Tout relief a disparu, tout n'est qu'ondulations et courbes.

Le soir du 24 décembre, nous percevons des chants en provenance des rangs ennemis. D'abord interloqués nous nous surprenons à écouter avec plaisir ces chants de Noël entonnés avec douceur et ferveur par ces hommes que nous sommes censés haïr. Une mélodie attire notre attention "stille nacht" et nous la reprenons en cœur avec eux "douce nuit, sainte nuit", puis "mon beau sapin" démarre de nos lignes auquel les Allemands répondent par "o tannenbaum", puis "vive le vent" et "ein kleiner weisser scheemann" sont chantés à l'unisson. Pendant près de deux heures, nous poursuivons cette joute musicale et amicale, accompagnés par l'harmonica de Gégène qui a eu tout le temps de parfaire sa technique.

La guerre nous apparaît bien loin, une bouffée de douceur et de paix semble courir entre les Allemands et nous. Cette agréable quiétude perdure jusqu'à ce qu'un crétin se mette à beugler "la Marseillaise". Un coup de feu tiré en l'air par les boches nous signifie leur mécontentement et ils répondent par un chant guerrier. Nous insultons copieusement cet imbécile, lui intimant l'ordre de fermer sa gueule. Un coup de poing dans le visage le fait taire, mais la magie de Noël est brisée, le charme rompu, la tristesse revenue. Nous ressentons de nouveau la faim, la peur, la haine et toutes ces sensations qui avaient disparu l'espace d'un instant, parenthèse refermée.

L'année 1916 commence sous le signe du froid. Il neige sans discontinuer et un méchant blizzard nous transperce jusqu'aux os. Taillard et Dubuisson ont dû être transportés à l'infirmerie, à l'arrière ; ils ont eu les pieds gelés. Le problème c'est qu'à force de vivre dans le froid et l'humidité, sans pouvoir faire de vraie toilette, ils ne s'en sont pas aperçus tout de suite. Quelques jours plus tard, nous apprenons qu'ils ont dû être amputés, la gangrène s'était étendue jusqu'aux chevilles, les médecins n'ont rien pu faire pour sauver leurs membres. Ils ont inventé un nom pour ça : la maladie du pied des tranchées.

Nous devons aussi nous méfier des rats, des bestioles gigantesques, de plus en plus nombreux. Au début, ils ne sortaient que la nuit ; maintenant, ils sont là en permanence, partout. La neige et le gel qui ont durci la terre ne leur permettent plus de trouver leur nourriture dans la nature ; alors ils se rabattent sur nos provisions, nos équipements en cuir et nos couvertures. Il y a quelques jours, je suis allé au ravitaillement avec Clément et ce que nous avons vu là-bas nous a glacés d'effroi. Certains, presque aussi gros que des chats, courent sur les sacs en toile qui contiennent les denrées alimentaires et les déchirent de leurs dents acérées. Les troufions de l'intendance font tout leur possible pour tenter de les faire fuir à l'aide de bâtons et de pelles, peine perdue.

Sur place, on a appris qu'un officier a offert une prime de cinq sous par animal tué ; à la condition d'en ramener la queue en guise de preuve. Alors pour passer le temps, tout en pratiquant une activité utile, nous occupons une bonne partie de nos journées "à la chasse" comme nous disons sur le ton de la plaisanterie. Comme quoi, on peut rire en toutes circonstances, mêmes les pires. Nous exposons les cadavres des rongeurs sur des cordes à linge, tels des trophées, pour montrer à leurs congénères ce qui les attend s'ils viennent nous tourmenter.

Le 18 février, une nouvelle circule de bouche à oreille tout du long de la tranchée ; il paraît que les Allemands ont lancé une offensive du côté du bois aux Buttes, mais sans grande conviction, semble-t-il. Eux non plus ne doivent plus supporter cette oisiveté imposée. On nous met immédiatement en alerte, craignant une attaque générale de nos lignes. Mais nous ne détectons aucune agitation chez les gars d'en face. Le calme revient, pesant et insoutenable.

Le dimanche 20 février, dans l'après-midi, c'est le retour des permissionnaires de la semaine. Jules, Pierrot, Claude, Armand, Félicien, Charles, et d'autres, dont j'ai oublié les noms, rentrent de leur escapade à Paris. Enfin, pas vraiment de Paris, car c'est un tel bazar à l'arrière qu'ils n'ont pas pu aller plus loin que Reims. Qu'à cela ne tienne, ils ont découvert un débit de boisson où dépenser leur maigre solde. Ils se sont pris une bonne cuite qu'ils ont entretenue pendant les jours suivants. Avec les derniers sous qu'il leur restait, ils ont acheté le peu de provisions qu'ils ont pu dénicher. Un gros pain noir, deux saucissons, une bouteille d'eau-de-vie de prunes et des gâteaux farineux et sans goût. Comme à l'accoutumée, nous mettons tous ces trésors en commun et décidons d'attendre le lendemain midi pour nous payer un solide déjeuner.

Il est à peine dix-sept heures, mais les courtes journées d'hiver et les gros nuages gris et bas, qui déversent leur torrent de pluie et de neige fondue, ont fait disparaître la faible clarté de ce sombre après-midi. Sous nos capotes, plus ou moins étanches, nous avalons notre maigre ration de pain et notre gamelle de fayots mal cuits et tout juste tièdes. Puis, chacun cherche un coin moins détrempé de la tranchée pour passer la nuit. Avec mon copain Auguste, Paulin le savetier toulousain et Ferdinand un maçon de Paris, nous avons récupéré des morceaux de traverses de rail de chemin de fer sur une voie désaffectée qui menait à une usine, à quelques centaines de mètres au sud de notre position. C'est évidemment Hippolyte, l'arsouille, qui nous en a indiqué la présence ; cette information ne nous a coûté que quelques paquets de cibiches.

Nous avons creusé un renfoncement dans la paroi de la tranchée, l'avons étayée avec les traverses, puis avons fabriqué un toit à l'aide de planches et de plaques de tôle ondulée, enfin nous avons camouflé le tout sous un monceau de terre et de branches. En dessous, nous avons aménagé une couchette collective. Nous n'avons que trois couvertures sèches pour quatre, alors nous nous serrons les uns contre les autres. Nous sommes dans la force de l'âge et, malgré la peur, le froid et l'humidité, nous trouvons le sommeil.

Grand-père effectue une pause de quelques secondes, mais je n'ose l'interrompre, car j'ai le sentiment qu'il a besoin de profiter de ce moment de silence avant de poursuivre son récit. Je le regarde, il paraît absent ; puis soudain, son visage s'assombrit de nouveau, un soupir, il reprend.

Le lendemain, le 21, le ciel est dégagé, le soleil commence tout juste à poindre à l'horizon, nous nous préparons pour une belle journée d'oisiveté. L'aube n'est pas encore totalement levée, que notre douce quiétude est troublée par un grondement sourd qui se fait entendre, en provenance de l'est, derrière les tranchées des fridolins, loin du front. Leur artillerie vient de balancer une salve d'obus. Intrigués, nous sortons de notre torpeur, nous demandant qui sont les pauvres diables qui vont prendre ce déluge de fer et de feu sur le coin du nez. Généralement, ce sont les forts qui sont la cible privilégiée de ces tirs. Il y a le choix dans le secteur, Verdun est entouré d'une ceinture de défense soi-disant imprenable. Rien qu'au nord de notre position, il y en a cinq : Douaumont, Vaux, Laufée, Moulinville et un dernier dont j'ai oublié le nom. Nous sourions, car pour nous qui vivons enfouis dans la terre comme des taupes, cela constitue un juste retour des choses. Eux là-bas, sont bien à l'abri, au sec, dans leurs casemates renforcées par de solides murs de béton. Ils sont ravitaillés à peu près régulièrement et ont droit aux meilleurs morceaux ; nous nous contentons de leurs restes. Nous considérons cela comme une forme de compensation.

Nous n'avons pas repéré les points de chute de la première salve, alors nous sommes aux aguets, attendant la suivante. De nouveaux éclairs strient l'horizon. Quelques secondes de patience et nous allons percevoir le bruit des explosions. Nous nous redressons pour mieux entendre… mais ce qui parvient à nos oreilles nous glace d'effroi. Un "Wouff", suivi d'un grand "boum". Dans le no man's land, qui se trouve entre nos lignes et celles des Allemands, surgit une gerbe de terre et de pierres de plus de dix mètres de haut. Le souffle nous projette sur le sol boueux. Une deuxième explosion dévaste nos défenses de barbelés à une cinquantaine de mètres, une troisième sur la droite, puis des dizaines sur notre gauche et devant nous.

Puis le silence revient. Heureusement qu'ils ont tiré trop court, sinon c'eût été pour nous. Nous nous relevons, nous payant la tête de Martin qui est tombé à plat ventre dans une immense flaque de gadoue. Nous l'aidons à se remettre sur ses pieds. Armand le titi parisien, l'un des permissionnaires de la semaine, sort d'un abri les victuailles à la main ; avec sa casquette enfoncée sur le crâne, légèrement inclinée sur l'œil et son accent parigot, on dirait un vrai gavroche. Il nous lance, "les gars, on devrait attaquer le pain et la charcutaille maintenant, comme ça on pourra leur jeter nos peaux de sauciflard en guise de représailles". Nous rigolons de cette blague de mauvais goût, mais nos rires s'arrêtent brusquement. Les salauds d'en face, contrairement à leurs habitudes, décident de nous envoyer une nouvelle salve d'artillerie. La précédente ne constituait qu'un tir de réglage, entre-temps, ils ont dû ajuster la hausse et allonger la distance.

Soudain, l'horizon est zébré d'éclairs sur une largeur de plusieurs dizaines de kilomètres. "Schiifff, boum", un obus explose, là où se trouvait Armand il y a une seconde. Son corps déchiqueté s'élève dans les airs, mélange de chair, de gravats et de planches, puis retombe sur le bord de la tranchée dans un bruit d'os brisés. Ses jambes à l'extérieur, son buste pend de façon grotesque le long du mur de terre. Sa tête roule au fond de l'abri. Sa casquette atterrit à nos pieds. Nous sommes abasourdis par la scène qui s'est déroulée devant nous. Bras ballants, nous échangeons des regards emplis d'incompréhension.

"Wouff, boum". Le sol derrière nous se soulève, emportant avec lui un arbre centenaire comme s'il s'agissait d'un fétu de paille. Nous comptons les impacts, un, deux, cinq, dix, vingt, cinquante, mais la cadence de tir s'accélère encore et nous ne parvenons plus à distinguer les explosions les unes des autres. L'une d'elles, toute proche, me projette en arrière, je tombe à la renverse, je rampe cherchant un refuge. Je ne sais comment, je me retrouve recroquevillé sous les traverses de chemin de fer qui constituaient notre couche, il y a quelques minutes à peine. Je devine que je suis vivant, uniquement parce que je sens le sol qui tremble et que j'entends les déflagrations. Les projectiles pleuvent maintenant en un flot ininterrompu. On a appris à les reconnaître au son qu'ils produisent en arrivant ; il y a les "Schiifff" des obus de 105, de 150, de 210 ou de 235 millimètres, et les "Wouff" de ceux de 420.

J'attends que cette folie passagère se termine, mais ça continue encore et toujours. L'air et le sol vibrent à l'unisson. Je ressens les ondes de choc qui parcourent tout mon être à chaque détonation, j'ai l'impression qu'on me frappe la tête. Mes os me font mal, mes muscles ne répondent plus, mes articulations semblent en passe de se disloquer. J'éprouve la sensation que mes tympans vont éclater sous la pression de l'air et la puissance des déflagrations. Cela paraît ne jamais devoir s'arrêter, ça tombe en continu, comme à Gravelotte. Ça explose et ça pète partout à la fois. Le boucan est infernal, insupportable, il me fracasse les oreilles et les nerfs.

La terre semble affectée d'un tremblement nerveux et continu qui se communique à tout notre squelette. Ceux qui veulent se déplacer doivent se cramponner aux parois ; il est impossible de se tenir debout. À une vingtaine de mètres de moi, un camarade persiste à essayer de se maintenir en position verticale, j'ai l'impression qu'il est en transe. Il est pris d'une agitation spasmodique et convulsive de tous ses muscles, des pieds à la tête ; son regard est vitreux, absent, sans expression. Je l'observe quelques minutes avant de réaliser que ce ne sont pas les vibrations du sol qui le font trembler ; c'est son cerveau qui n'a pas supporté le traitement et envoie des ordres confus et incohérents à tous ses muscles. Je crois qu'il en est devenu dingue.

Un peu plus loin, un jeune soldat d'à peine vingt ans, brisé, pleure, mais il n'a déjà plus de larmes. De ses mains, il se frappe le visage, il donne des coups de pied dans le vide, comme pour chasser des ennemis invisibles. Il trépigne, crie et geint tel un petit enfant colérique. Lui aussi a le cerveau ravagé, il n'a pas pu supporter cet enfer, il a été détruit de l'intérieur. J'enfouis ma tête sous ma capote pour ne pas les voir et ne pas risquer de les accompagner dans leur folie. Je sombre dans une sorte de léthargie, me forçant à être indifférent à leur malheur.

Et ça continue : les éclairs des départs de tirs, le son des obus qui nous arrivent sur le coin de la gueule, les explosions qui nous vrillent les oreilles et les tympans, la terre et les caillasses qui volent dans les airs, la tranchée qui semble se tortiller entre les parois qui s'effondrent.

J'ai perdu toute notion du temps, je consulte ma montre et m'aperçois que cela fait quatre heures que le déluge de mort a commencé. Je suis figé en position fœtale, en partie recouvert de terre tombée du ciel, je me suis uriné dessus de peur. Mais personne n'est là pour le voir. Je relève un coin de ma capote et cherche mes camarades du regard. Le gamin qui pleurait semble s'être endormi, mais la posture grotesque dans laquelle il se trouve et ses membres désarticulés indiquent qu'il a été touché par un obus. Notre morceau de tranchée est totalement détruit ; soit éventré par les bombes, soit comblé par des tonnes de terre jetées là par les explosions. J'aperçois une casemate de bois à une trentaine de mètres, elle tient toujours debout. Je me lève pour tenter d'y rejoindre les camarades qui ont dû y trouver refuge. Je n'ai pas effectué trois pas que "Wouff, boum" je suis projeté sur le côté, contre ce qu'il reste des poutres de soutènement, puis un autre "Wouff, boum" me repousse en arrière. Mon casque encaisse un morceau de ferraille, la jugulaire cède en m'entaillant la peau, je bascule sur le dos et perds connaissance.

La douleur est bien visible sur son visage qui se tord, une douleur rétroactive, comme s'il se trouvait encore sous les bombardements.

Lorsque je reviens à moi, il est un peu plus de treize heures ; cela fait donc presque six heures que dure le pilonnage et rien ne semble indiquer que cela va s'arrêter. Je n'entends plus les "Schiifff" et les "Wouff" ; ni même les explosions. Tout est noyé, confondu, dans un immense bruit de fond assourdissant. L'air est saturé de poussière et de fumée à l'âcre odeur de cordite et de poudre. On n'y voit pas à plus de cent mètres. Je plaque mon mouchoir sur ma bouche et mon nez, protection illusoire.

La casemate, vers laquelle je me rendais tout à l'heure, n'existe plus, désintégrée, volatilisée sans laisser de trace, juste un gros trou de cinq mètres de diamètre dont les parois sont jonchées de débris en tous genres et de morceaux de corps humains. Inconscient du danger, ou fataliste, je regarde la scène qui s'offre à mes yeux. C'est fascinant, incroyable, fantastique de violence ; un véritable orage d'acier. Je ressens la chaleur dégagée par cette tornade de feu qui brûle tout sur son passage. Je contemple, ce tapis de bombes qui détruit, ravage et mutile la nature et les hommes.

Je suis tellement accaparé par ce spectacle de fureur et de désolation que je suis totalement insouciant des risques auxquels je m'expose. Mais je reviens bien vite à la réalité. Une formidable explosion déchire la tranchée à une dizaine de mètres sur ma droite. Je suis soulevé du sol, projeté à plus de deux mètres et retombe lourdement sur le dos. Je reçois une pluie, un déluge de débris, mélange de terre, de bois, de fer, de tripes et de membres qui me recouvrent à demi. Horrifié, je me débarrasse de cette gangue de boue et de chairs sanguinolentes.

L'instinct de conservation reprend le dessus, accroupi, je me dirige vers mon abri de fortune pour y attendre que le feu de l'enfer ait fini de s'abattre sur nous. J'ai perdu mon casque et à chaque explosion proche, je me cogne douloureusement la tête aux traverses de bois qui me servent de toit. Je vais en récupérer un sur un cadavre qui gît là, à moitié enterré. Du regard, je fouille les décombres qui m'entourent, cherchant mes camarades, mais ne les trouve pas. Sont-ils vivants ou bien morts ? J'essaye de me rappeler leurs visages, de leurs voix. Je tente de me remémorer nos dernières discussions. Je fais ressurgir de mon passé les souvenirs enfouis de mon enfance, de mes parents, de mes amis. Je fais tout mon possible pour oublier le présent, sans y parvenir. Qu'est-il advenu de mon copain Auguste ? Je l'ai aperçu de loin avant d'être assommé. Est-il toujours de ce monde ?

Une éternité plus tard, je sors de mon trou à rat, j'ai envie de pisser. Non, en fait, j'ai juste besoin de bouger pour me sentir vivant. Si j'urine au beau milieu de la tranchée, personne ne m'en voudra. D'ailleurs, y a-t-il seulement encore quelqu'un pour me voir ? Je n'ai même pas le temps d'ouvrir ma braguette, qu'un obus explose dix mètres derrière notre position, en plein sur une redoute faite de madriers en bois, de sacs de sable et de tôle. Les pauvres gars qui s'y croyaient à l'abri sont instantanément désintégrés par la déflagration, éparpillés. Le marquis, qu'on appelait ainsi parce qu'il avait toujours une tenue impeccable et marchait avec un port de tête altier, est littéralement coupé en deux et haché par les débris qui volent et sèment la mort aux alentours. Un morceau de bois, gros comme un pieu, vient se planter à moins de vingt centimètres de ma jambe gauche.

Je suis pris d'une peur panique qui me fait trembler des pieds à la tête. Je ne parviens pas à me calmer, je ne vais pas tarder à sombrer dans la folie. La mort surgit de partout, du ciel et la terre. Dans un dernier sursaut de lucidité, je retourne vers mon abri, je m'accroupis, attrape ma pelle et entreprends d'agrandir cette alvéole ; il faut que je m'enfouisse plus profondément pour garder une infime chance de survivre à cet enfer. Comme un damné, je creuse ce qui deviendra probablement ma tombe. Régulièrement, mon travail de fourmi terrassière est mis à mal par les paquets de détritus qui s'abattent sur moi ; j'abandonne.

Je m'assois, la tête entre les genoux, je cramponne mon casque, protection illusoire. Je n'ai plus de pensées, je ne vois plus la folie des hommes, je n'entends plus les explosions, je ne ressens plus le froid, je ne perçois plus le tremblement du sol. Je sombre dans une sorte de léthargie dépressive, j'attends la mort. Pourvu qu'elle soit instantanée, brutale et douce à la fois. Je ne veux plus regarder mes camarades succomber sous mes yeux sans rien pouvoir faire pour eux ; je ne peux plus supporter ça.

Des tombereaux de déchets et une grêle de débris s'abattent sur moi, je suis à demi enseveli, ma bouche est remplie de terre qui crisse sous mes dents. J'ai faim et soif. Par miracle, ma gourde est intacte et pleine, j'avale une grande lampée de mauvais vin, alcool salvateur et destructeur à la fois. Je bois, je bois encore, j'ingurgite presque un litre de cette vinasse qui brûle la gorge et l'estomac. Je lèche le bord du goulot pour ne pas en perdre une goutte. Petit à petit, le tord-boyaux produit son effet et m'aide à me relâcher. Je suis pris de tremblement convulsif et éclate d'un rire incontrôlable. Pour la deuxième fois de la journée, j'urine dans mes pantalons et me vomis dessus, mais je n'en ai cure.

Des tics nerveux apparaissent sur son visage, ses yeux se mettent à cligner fébrilement, il sursaute.

Soudain, la fureur fait place au silence ! Un silence de plomb, profond et brutal, lourd et inquiétant. Le soleil d'hiver est descendu sur l'horizon et les artilleurs ne doivent plus pouvoir distinguer les impacts de leurs tirs. J'attends plusieurs longues minutes avant d'oser sortir de ma tanière. Je suis recouvert par des monceaux de terre, de boue, de morceaux de bois et de ferraille. Je pue l'urine, la vinasse et le dégueulis. Tout mon être semble toujours sujet aux vibrations encaissées pendant toutes ces heures. Tel un zombie, je m'extirpe de ce qui aurait pu constituer ma dernière demeure. Je chancèle, ma vue est troublée, mes oreilles bourdonnent horriblement, ma tête tourne, je m'appuie sur le mur de la tranchée pour ne pas perdre l'équilibre. J'écoute, cherchant le moindre indice de présence, de vie, d'espoir. Rien ni personne. J'avance péniblement au milieu des gravats, d'un enchevêtrement de planches, de poutrelles métalliques distordues et… de cadavres.

Sur ma droite, un camarade tend le bras dans ma direction, il est couvert de terre ; il doit avoir besoin d'aide pour se relever, peut-être est-il blessé. Je l'attrape par la main et le tire vers moi. Il semble étrangement léger. Je pousse un hurlement et tombe en arrière, lâchant précipitamment ce bras sans carcasse. De nouveau, je vomis un mélange de bile et de vinasse.

Je me remets sur mes pieds et reprends ma quête de vie. Il y a tellement de corps allongés sur le sol, qu'il m'est presque impossible de me déplacer sans les piétiner. L'un d'eux émet un souffle, un son à peine audible sort de sa figure ; pas de sa bouche, il n'en a plus. Sa joue droite et sa mâchoire inférieure ont été emportées, arrachées, et de son globe oculaire pend un œil au bout de son nerf optique. Je m'approche pour lui porter secours, mais il est bien mort. Ce n'est pas un souffle de vie que j'avais perçu, j'ai dû marcher sur sa poitrine.

Je dois impérativement trouver une trace d'humanité sinon, je vais devenir dingue. J'ai besoin de parler à quelqu'un pour me prouver que je suis bien vivant. Je dois voir un visage, entendre une voix pour effacer ce bourdonnement continu qui emplit mes oreilles. Il faut que je me mette en quête de mes camarades, je ne peux pas être le seul rescapé de ce carnage, je ne veux pas l'être.

J'avance péniblement en titubant, cherchant, sans y parvenir, à éviter les cadavres. Il y en a des dizaines entremêlés, empilés ou à demi ensevelis par la terre tombée du ciel. Chaque pas représente un calvaire. J'essaye tant bien que mal de progresser sans marcher sur ces pauvres bougres, m'efforçant de ne pas reconnaître leurs visages. Plus loin, la tranchée est bouchée par un amas de débris. Je me couche sur le ventre et je rampe pour en rejoindre l'autre côté ; je dois me méfier des tireurs embusqués sur ma droite, qui doivent profiter des dernières lueurs du jour pour faire un carton sur l'imprudent dont la tête dépasse de l'abri.

Je me laisse glisser à plat ventre, me remets sur mes jambes flageolantes. Là aussi, partout, des corps jonchent le sol. Trois soldats sont nonchalamment appuyés contre la paroi de gauche. Deux se trouvent debout l'arme au pied, les membres inférieurs en partie pris dans la terre, le troisième s'est accroupi, son fusil posé à côté de lui. Ils ont l'air abattus par la fatigue, le menton reposant sur la poitrine. Je les appelle, je leur crie que je suis vivant, je me précipite vers eux, mais ils ne semblent pas m'entendre. J'arrive à leur hauteur, j'attrape le premier par la manche de sa vareuse, le secoue ; il glisse sur le côté, entraînant son voisin et tous deux se retrouvent affalés sur le troisième qui a basculé vers l'avant, le nez planté dans la gadoue. Ce n'est plus qu'une confusion de cadavres. Je vomis de la bile, je n'ai plus rien d'autre dans l'estomac.

Mais la réalité m'oblige à recouvrer mes esprits. Des cris se font entendre en provenance des lignes allemandes. Les salauds n'ont arrêté leur bombardement que pour permettre aux fantassins de prendre la relève. Instinctivement, j'attrape le fusil et la cartouchière d'un des soldats sans vie et me mets en position de tir. Sur ma gauche, sur ma droite, je distingue d'autres camarades qui se dressent les armes à la main, d'autres morts-vivants, d'autres loques humaines titubantes, couvertes de boue, les yeux hagards et injectés de sang, qui comme moi surgissent des entrailles de la Terre et attendent l'arrivée de la horde sauvage qui fonce vers nous. Parmi eux, je vois Auguste à peine reconnaissable dans son uniforme sale et déchiré.

Nous échangeons un signe de loin et un triste sourire, courte parenthèse d'humanité.

En quelques secondes, tout l'espace face à nous est envahi par une marée gris-verdâtre, nous allons être submergés. Les boches sortent de leurs repaires tels des diables d'une boite. Ils courent droit devant eux, sans même tirer ; ils doivent être persuadés qu'il n'y a plus âme qui vive de notre côté et ils n'ont pas tout à fait tort. Mais après deux cents mètres, la conformation du terrain change et les pauvres bougres éprouvent bien du mal à avancer. Plus ils s'approchent de nos positions et plus il y a de cratères de bombes, qu'ils doivent contourner, obligés parfois de progresser en file indienne. Non seulement cela les ralentit, mais ça nous facilite la tâche ; on vise les petits groupes ainsi formés et on fait mouche à tout coup. Les mitrailleurs se payent un carnage, ils ne s'arrêtent de canarder que pour recharger.

Je fais feu sans discontinuer, un vrai tir aux pigeons. Je tue, ivre de haine, je ne suis plus qu'une machine à distribuer la mort. Je me venge de ce qu'ils nous ont fait subir pendant des heures. Je dois en abattre un pour chaque cadavre que j'ai dû enjamber. Ils tombent les uns après les autres. Deux grenades, lancées simultanément de ma droite, éradiquent d'un coup le petit groupe d'une dizaine de boches que j'avais pris pour cible. Mais d'autres prennent leur place et progressent vers nous. Sur ma gauche, les salauds sont parvenus jusqu'à nos lignes et l'un d'eux, équipé d'un lance-flamme, arrose nos camarades d'essence. Ceux-ci se transforment instantanément en torches humaines, courent sur quelques pas en hurlant de douleur, puis s'affalent et se figent dans des positions grotesques dans lesquelles ils finissent de se consumer.

Je tire sur ce dragon cracheur de mort, le rate, tire à nouveau, le manque, tire encore et soudain, il disparaît dans une gerbe de feu qui grille dans la seconde tous ses acolytes qui se trouvaient dans un rayon de cinq mètres. J'ai atteint la bonbonne d'essence fixée sur son dos. Je un crie ma joie, puis pousse un rugissement de bête enragée qui m'effraie moi-même.

Un soldat allemand se précipite vers moi les yeux remplis de haine et de détermination, hurlant, piétinant sans vergogne les corps de mes compagnons qui tapissent le fond de la tranchée. Je cours à sa rencontre, un cri inhumain me brûlant la gorge, ma baïonnette pointée vers son ventre. Il trébuche sur un cadavre, perd l'équilibre. Je fonce dans sa direction ; la violence du choc est telle que je le transperce de part en part. Il s'écroule à mes pieds, alors je lui défonce le crâne à coups de crosse, m'acharnant jusqu'à ce qu'il ne reste de sa tête qu'une bouillie d'os, de sang et de cervelle. J'ai cogné avec une hargne si incontrôlée que j'en ai cassé mon fusil. Je ramasse le sien et lui balance une décharge dans le ventre. Un autre diable se précipite dans ma direction, les yeux remplis de haine. Je tire à la hanche, sans viser. Une balle dans la poitrine, une dans la cuisse, il s'effondre à mes pieds les bras en croix, le regard vide tourné vers le ciel. Mes jambes se dérobent, je tombe sur le cul et reste assis à contempler son visage. Il ne doit pas avoir plus de vingt ans, on dirait un adolescent avec sa tignasse blonde coupée court et sa moustache naissante.

Quelqu'un me tire par la manche "on se replie", me hurle un sergent que je n'identifie pas sous son masque de crasse. Nous empruntons un boyau de liaison qui court vers la deuxième ligne de défense. Celui-ci se perd au milieu des cratères de bombes, alors on saute d'un trou à l'autre. Je ne reconnais plus rien. Pourtant, je suis passé par là au moins une ou deux fois par jour pour aller au ravitaillement ou pour récupérer le courrier. Tout le paysage qui nous entoure a été labouré, retourné, remodelé, défoncé, lacéré. Tous nos points de repère ont disparu et nous nous dirigeons en nous basant sur le soleil qui descend sur l'horizon. Nous passons à côté de ce qui a dû être une popote. Elle est éventrée comme une boite de conserve, plusieurs corps démembrés gisent éparpillés tout autour, la neige qui recouvre le sol est rouge de sang et de lambeaux de chair. Un peu plus loin, ce sont des latrines qui ont subi le même sort. L'odeur de la merde mêlée à celle des cadavres étripés est épouvantable, pestilentielle et insupportable.

Soudain, le sergent nous fait signe de nous arrêter, nous nous trouvons au milieu de nulle part. "Mettez-vous en position de défense", nous crie-t-il. Nous cherchons des yeux la ligne de tranchées que nous devons occuper, mais il n'y a rien d'autre qu'un grand chaos. Devant notre air hagard, il nous dit "Ici aussi c'est tombé dru, on a salement dérouillé". Nous ne sommes plus qu'une trentaine sur les trois cents que nous étions il y a quelques heures à peine. D'instinct, nous nous regroupons dans un immense cratère créé par un obus de 490. "Qu'est-ce qu'ils veulent qu'on défende ?" lance Auguste. "J'ai plus de munitions", répond une voix anonyme.

Alors, on furète au hasard, cherchant des cartouchières pleines sur les cadavres qui nous entourent.

À peine sommes-nous en position que des boches apparaissent. Plus un mot n'est échangé, plus personne ne bouge. Ils ne nous ont pas vus et marchent sans se cacher. Ils doivent être persuadés qu'il n'y a plus trace de vie dans le secteur. Ils sont à moins de cinquante mètres lorsqu'on ouvre un feu nourri dans leur direction. Ils tombent comme des mouches. La rage au ventre, nous sortons de notre couvert et achevons les blessés à la baïonnette.

D'autres Allemands apparaissent, ils semblent hésitants sur la conduite à suivre ; ils ne s'attendaient pas à trouver une quelconque opposition et se demandent s'ils doivent nous attaquer ou se replier. Nous devons être effrayants, car ils optent pour la seconde solution. Nous les harcelons, sautant de trou en trou et leur tirant dans le dos. Pendant plus d'une demi-heure, nous nous délectons de ce jeu macabre. De temps à autre, nous tombons sur une poche de résistance. Nous nous jetons à plat ventre et poursuivons notre avancée en rampant. D'autres camarades semblent nous avoir rejoints, car malgré les fortes pertes que nous subissons, nous sommes toujours autant à nous battre. Un ultime baroud d'honneur et nous nous retrouvons à notre point de départ, en première ligne, dans notre tranchée dévastée.

Grand-père pleure, de grosses larmes serpentent le long de ses joues. Il n'est plus avec moi, il est retourné là-bas…

Un semblant de calme est revenu. L'odeur de la poudre et de la cordite laisse place à celle de la pisse et de la merde échappées des viscères éclatés, du sang, des tripes éventrées et dégoulinantes d'excréments, des chairs brûlées, de la gangrène des membres à demi arrachés, du pue coulé des blessures, du dégueulis vineux, de la pourriture nauséabonde des morts. Une pestilence insoutenable fait le pendant de la vision d'horreur qui s'offre à mes yeux ; amas de viande humaine, de corps calcinés, d'organes éparpillés, de têtes sans tronc, de fange, de détritus, d'armes brisées, de munitions, de planches, de madriers, de pierres.

Je ne peux faire autrement que de marcher dans cette immondice putride. C'est un immense charnier, un cloaque infect, mélange de boue et de cervelle. Mes godillots sont rouges de sang. Je retourne vers mon bout de tranchée à la recherche de mes camarades. J'éprouve de nouveau cette sensation de devoir trouver de la vie pour ne pas devenir fou. Peut-être y a-t-il des vivants, des blessés à secourir.

J'entends un appel sous un amoncellement informe. J'y aperçois un visage tuméfié et à demi arraché, puis le haut d'un corps, je reconnais Alphonse le Breton de Quimper, un bon copain, toujours en train de plaisanter. Je fouille, je déblaye, je repousse, je tire, je le débarrasse tout ce qui le recouvre et l'empêche de respirer. Il me dit quelque chose, mais je ne l'entends pas ; sa voix est faible et je suis accaparé par ma tâche. Je tente de dégager ses bras, mais ne les trouve pas, puis ses jambes, mais ne découvre qu'une bouillie infâme de chair martyrisée, d'os brisés et de tissus déchiquetés. Il cherche de nouveau à me parler, j'approche mon oreille de sa bouche.

"Achève-moi, je t'en prie, je souffre trop, achève-moi". Je lui réponds qu'il va s'en tirer, qu'on va tous vivre, que je vais le sortir de là, que les secours vont arriver maintenant que les combats ont cessé, qu'il va être rapatrié à l'arrière, qu'on va bien s'occuper de lui, que… Il me fixe, le regard empli d'un mélange de haine et de suppliques. "Ferme ta gueule pauvre con ! Et achève-moi". Je ne peux pas faire ça, il le sait, mais je constitue son dernier recours.

Son corps, ce qu'il en reste, n'est plus qu'une immense et insoutenable souffrance parcourue de spasmes incontrôlés. Je découvre son ventre, grande plaie béante, les tripes à l'air. Alors j'entrevois la solution ; j'attrape sa gourde, lui relève doucement la tête et l'aide à boire. Je sais que les gestes que j'effectue vont le tuer. On nous l'a assez répété, il ne faut jamais donner à boire à un blessé à l'abdomen. Lui aussi a compris, il avale le liquide infâme, mais libérateur. Il ne s'arrête que pour reprendre son souffle, recommence à boire, s'arrête encore, me sourit, et dans un dernier soupir me lance un "Merci mon pote" et un "Adieu, on se revoit là-haut". Je demeure de longues minutes, à tenir sa tête dans mes bras, calée contre ma poitrine, attendant vainement qu'il me réclame de nouveau à boire. Puis je la repose délicatement sur le sol et reste là à pleurer, prostré, vidé. Je sombre dans une sorte de léthargie, comme une petite mort. Je n'ai plus de force, plus d'énergie… plus d'envie de vivre.

Quand je reviens enfin à la réalité, il fait nuit noire. La nature semble reprendre ses droits. Je perçois le croassement des corbeaux et des corneilles, distingue les yeux des rats. Ce soir, on leur a servi un festin de chair humaine. Je termine le contenu de la gourde d'Alphonse et, exténué et moitié ivre, je m'endors, je ne sais où, enveloppé dans des couvertures maculées de sang, de déjections, de vomissures et de boue ; cette nuit, je ne crains même pas les charognards, ils ont tant à faire avec les dépouilles en décomposition et les blessés qui finissent de crever un peu partout…

Ses épaules semblent trop lourdes pour qu'il puisse les porter, il s'est recroquevillé dans son fauteuil, il tord ses mains, comme pour les punir d'avoir donné la mort à son ami.

Je suis réveillé à plusieurs reprises par les rats qui viennent vérifier si je suis toujours vivant. Je ne le sais pas moi-même. L'aube n'est pas encore levée, j'ai froid, mon uniforme est trempé, je tremble de tous mes membres, je dois bouger. Il me faut trouver d'autres hommes, de quoi manger et boire, des affaires sèches, alors je pars à leur recherche. Je rends grâce à la nuit sans lune qui m'empêche de voir le spectacle de mort et de désolation qui m'entoure. Je la remercie également de me cacher à la vue des sentinelles allemandes, car j'avance sans aucune prudence, je fais une cible idéale. Je marche, trébuche, tombe, me relève, marche, me cogne, marche… J'erre sans but, sans même savoir où je me trouve. Quand soudain, je suis sorti de ma torpeur, quelqu'un me secoue par la manche et me demande qui je suis, d'où je viens, ce que je fais là, à quelle unité j'appartiens, s'il y a d'autres survivants. La seule réponse, que je parviens à leur donner, est "Maurice" et je leur montre l'insigne de ma compagnie, brodé sur le col ma vareuse. "Ce gars a bien morflé, aidez-le"

On m'attrape, on me tire dans un abri creusé dans le sol auquel on accède par un escalier en terre renforcé à l'aide de rondins de bois. C'est un poste de commandement avancé, une construction solide. Il doit faire dix mètres de côté. Il y a là une quinzaine d'officiers et de sous-officiers. Par quel miracle est-il encore debout ? On me donne à manger. Un morceau de pain caoutchouteux, une gamelle de soupe liquide et sans odeur, mais chaude. J'avale le tout sans réfléchir, c'est infect et pourtant ça m'est un régal. On me fournit des affaires à peu près sèches, un pantalon et une veste dont le propriétaire précédent a été emporté d'une balle en pleine poitrine, à en croire l'auréole d'un rouge brunâtre au milieu de laquelle se trouve un petit trou.

Puis de nouveau, on me questionne. "Y a-t-il des survivants là où j'étais posté ? Je sais pas". Je repense à Alphonse. "La position est-elle encore défendue ? Quelle position, qu'est-ce que vous voulez défendre ? Y'a plus rien debout là-bas !". "Retournes-y, on t'envoie du monde". Un caporal me tend une gourde remplie d'un mélange de vin et d'eau.

Alors je ramasse mes affaires, on me remet un fusil mitrailleur et des munitions, j'attrape un masque à gaz, un nouveau modèle et quitte l'abri. Il pleut et il y a un brouillard à couper au couteau, le jour s'est levé, du moins je le suppose, car la lumière blafarde ne suffit même pas à faire ressortir les couleurs. Tout n'est que nuances de gris. Je rejoins un petit groupe de compagnons d'infortune et nous prenons la direction que l'on nous a indiquée. Tout en marchant, je règle les sangles de mon masque à gaz. Quand enfin, j'y parviens, c'est pour me rendre compte que je ne vois pratiquement rien à travers les deux hublots qui se trouvent devant mes yeux.

Nous avançons d'un pas lourd et il nous faut presque une heure pour arriver à destination. Nous y retrouvons d'autres rescapés comme nous. Eux ont eu de la chance, leur tranchée est intacte sur une longueur de deux cents mètres ; un vrai miracle. Cette vision, éclairée par les premiers rayons du soleil nous met un peu de baume au cœur. On m'indique de me présenter au sergent Lenoir, à cinquante mètres à droite.

Je n'ai pas fait vingt mètres, que ça recommence, "Schiifff, Boum", "Wouff, Boum". Comme hier, des geysers de boue montent de toute part, le sol tremble, le grondement des explosions est continu, ça ressemble à un roulement de tambour. Soudain, il y a un bruit différent des autres "Schouff, Bang". Je reconnais cette détonation caractéristique ! Les salauds nous canardent avec des obus à gaz, du sarin, un gaz meurtrier qui vous bouffe la peau, les yeux et les poumons. Des fumeroles mortelles s'échappent de la terre tout autour de nous se mélangeant au brouillard matinal. La légère brise du nord-est les pousse vers nos positions. Je vois des hommes, réveillés par les explosions, regarder sans comprendre pourquoi ce bombardement est de si faible intensité. Quand ils réalisent, il est déjà trop tard pour certains d'entre eux. Les anciens attrapent leurs masques de protection accrochés à leur ceinture, les bleus les cherchent en vain dans leur musette ou en quémandent un aux copains. Petit Pierre, un jeunot qui vient tout juste d'arriver git sur le sol, se tordant dans une ultime douleur, agonisant dans un râle.

Ici, on n'a pas le temps de s'aguerrir, au bout d'une semaine, soit on est devenu un vrai soldat, soit on est mort.

Heureusement que, par chance, j'avais encore mon masque sur la tête. Je tire sur la partie caoutchoutée pour le faire descendre su mon visage et resserre les sangles. Je respire difficilement, mais l'air qui passe est filtré et purifié. Après plusieurs chutes dues à des explosions plus proches, qui me projettent contre les parois de ce qu'il demeure de la tranchée, j'arrive enfin sur "ma position". Du moins, sur ce qu'il en reste. Tout y a été détruit, ravagé, saccagé, rasé, comme labouré.

Et pourtant j'aperçois trois "cochons" qui s'agitent, cherchant vainement un endroit pour se mettre à l'abri. Je parle de "cochons", parce que c'est l'allure que nous avons avec les anciens masques à gaz. On dirait que nous avons un groin à la place du nez. On en plaisantait, il y a quelques jours à peine. Mais ces pauvres gars ne rient plus du tout. Leur efficacité est médiocre, pour ne pas dire nulle. L'un commence à tousser, puis tombe à genoux. Le deuxième tourne en rond sur lui-même comme un animal fou. Le troisième escalade la tranchée pour échapper au nuage mortel qui nous encercle ; je n'ai pas le temps de l'arrêter ni de l'avertir qu'il s'engage dans la mauvaise direction, qu'il fonce déjà droit vers les lignes boches et se fait littéralement couper en deux par une rafale de mitrailleuse. De rage, je monte moi aussi sur le rebord du talus et, fusil mitrailleur à la hanche, je vide mon chargeur sur des ennemis invisibles. Le recul de l'arme me repousse vers l'arrière, je glisse, retombe dans mon trou et y reste prostré.

Ces pauvres gars étaient de ceux arrivés en renfort à la faveur de la nuit ; ils n'auront même pas eu le temps de se battre. Je me retrouve de nouveau seul, j'éprouve toutes les peines du monde à respirer à cause de foutu masque, mais je vis ; du moins, je survis. Je rejoins un petit groupe d'une dizaine de fantômes, de zombies et, ensemble, nous nous construisons un abri de fortune avec quelques morceaux de planches, illusoire protection contre ce nouveau déluge de mort qui s'abat sur nous. Le gaz ne leur suffisait pas, il leur fallait du fer et du feu, ils ont repris les tirs d'obusiers et de canons.

Sa voix se fait plus faible, il semble s'être tassé encore un peu plus sur son siège. Il attrape son verre d'eau sur la table basse, le porte à ses lèvres, interrompt son geste. Il reste figé quelques secondes puis le repose sans avoir bu.

Et ça dure sans discontinuer de l'aube au crépuscule et puis le lendemain, et les jours suivants. C'est toujours la même ritournelle : bombardements précis et ajustés grâce à la maigre clarté grisâtre qui perce les nuages et parfois aussi la nuit, au jugé. S'ils prennent fin avant le coucher du soleil c'est uniquement pour permettre aux fantassins de monter à l'assaut. Ils foncent vers nous telle une horde sauvage, persuadés que, cette fois, nous avons tous été écrasés ou pulvérisés par la canonnade. Mais il reste encore des morts-vivants comme moi pour se dresser devant eux.

On sort de nos tanières, on récupère les armes de nos camarades tombés au champ d'horreur, on les recharge et on les aligne à côté de nous, baïonnette fixée au canon. On ramasse toutes les munitions, toutes les grenades qui jonchent le sol. J'attrape mon fusil mitrailleur et me mets en position de défense. Venez, on vous attend. Alors ils arrivent, sautant d'un trou à l'autre. Ils ne sont plus qu'à cent mètres, j'ouvre le feu. Une rafale continue jusqu'à ce que la culasse claque à vide. J'installe un nouveau chargeur et je tire, un deuxième, je tire, un troisième... Autour de moi, des soldats que je ne connais pas, et dont je n'aurai sûrement pas le temps d'apprendre les noms, font comme moi. Ils canardent, mitraillent, flinguent à tout va.

Une section d'une dizaine de boches a réussi à passer à travers notre tir de barrage. J'attrape une grenade dans une musette, la dégoupille et l'expédie en direction du groupe courant et hurlant. Elle n'a pas éclaté que déjà je leur en balance une autre, une autre encore ; je ne m'arrête que quand mon stock s'est épuisé. Ils doivent être tout proche maintenant, à quelques mètres seulement. Alors j'empoigne un fusil, je me tiens sur la défensive, cherchant à les deviner à travers la fumée des explosions. Je ne les distingue pas ! Il faut que je les trouve, c'est toujours l'ennemi que l'on n'a pas remarqué qui vous tue. Je pointe la baïonnette dans toutes les directions m'attendant à tout moment à les voir surgir.

Une silhouette apparaît sur ma gauche, je pousse un cri rauque et menaçant. "Ne fait pas le con mon gars, on est du même camp". Celui qui me fait face est couvert de boue et de sang, son visage, ses mains, son uniforme, son casque ; statue de terre et de crasse. Je dois ressembler à ça, moi aussi. Soudain, je le reconnais, c'est Auguste ! Je dois être dans un sale état, car ce n'est que, lorsque je lui dis qui je suis, qu'il réalise. Nous tombons dans les bras l'un de l'autre, nous nous tapons dans le dos. Est-ce un geste d'amitié ou pour vérifier que nous sommes bien vivants. "Ils sont repartis, on est parvenus à la repousser cette fois encore". Cette nouvelle ne me met aucun baume au cœur, je sais que demain ça recommencera et qu'on finira par y passer nous aussi. On crèvera ici jusqu'au dernier.

Et ça a continué. Nous n'avons reçu presque aucun renfort en hommes. L'approvisionnement en munitions, en nourriture et en vin est sporadique. Cela fait des jours que nous n'avons pas été ravitaillés en eau, on n'a d'autre solution que de bricoler des gouttières pour en récupérer un peu à chaque épisode de pluie. Dans le pire des cas, on se retrouve le quart à la main autour d'un trou d'obus, à se disputer la flotte boueuse et croupie qui y stagne. On n'a pas de quoi la faire bouillir, alors on utilise des pastilles de chlore pour la purifier, s'il nous en reste. Et quand on n'a plus de solution pour l'assainir, on la laisse décanter, puis on la consomme comme elle est, sachant pertinemment qu'elle va nous filer la chiasse.

On se partage une boite de singe, une de fayots et un morceau de pain de guerre. Je n'ai rien avalé de chaud depuis le début des bombardements, mis à part un bol de bouillon infâme. Le peu de soupe tiède, que nous parvenons à récupérer de nos expéditions à la seule popote encore en service, arrive froid en première ligne. Je suis épuisé, vidé de toute énergie, cela fait si longtemps que je n'ai pas dormi. Dès que je ferme les yeux, je suis assailli d'images des copains morts. Impossible de les oublier, leurs cadavres nous entourent.

Pour faire de la place au fond de la tranchée, nous les avons disposés sur les bords de celle-ci. Je ne tiens plus debout, je ne sais pas si j'aurai assez de force pour tirer si les boches se pointent à nouveau. Je n'ai plus qu'une envie, c'est que tout cela cesse. Je suis devenu fataliste, je n'ai plus la volonté de me battre, même pour sauver ma peau et j'attends la mort comme une délivrance.

Heureusement pour moi, les attaques suivantes des fantassins allemands semblent se dérouler plus au nord de notre position. Prostré, brisé, je ne bouge plus de mon trou qui s'est comblé de terre. Je fais mes besoins dans un morceau déchiré de la toile qui me recouvre puis jette le tout un peu plus loin. Aujourd'hui, nous n'avons pas été ravitaillés et ma gourde est vide depuis la veille ; alors je pisse dedans puis bois ma propre urine. Seul un reliquat d'instinct animal me pousse à tenter de survivre.

Une nuit, des hommes apparaissent, amis ou ennemis ? Avec Auguste, on s'en fiche, on reste terrés dans notre cachette, presque enterrés. J'entends parler français, ils cherchent des rescapés. Ce sont des artificiers venus de je ne sais où. On se relève, tas de boue, de puanteur, d'excréments et de chair mêlés. À notre vue, ils ont un mouvement de recul. Avisant le sang dont je suis maculé, ils m'enlèvent ma vareuse pour soigner ma blessure. "Ce n'est pas mon sang, je crois". Si, c'est bien le mien, mais la plaie est superficielle. Je suis dans un tel état de choc que je ne me suis même pas aperçu que j'avais été touché par un éclat d'obus ou de grenade. Encore une fois, j'ai eu de la chance. J'aurais pu me retrouver avec un bras en moins ou la gorge tranchée. Je regrette presque que cela ne soit pas arrivé. "Rhabille-toi et viens avec nous on se replie".

Sur l'ordre de leur Lieutenant, ils ramassent leur barda et poursuivent leur chemin, cherchant d'autres miraculés. Je reste sur place, je ne peux pas partir avec eux. "Attendez ! il y a sûrement encore des copains à secourir. Il doit y avoir Albin, Toutin, Lebrun, Lautru, Balmadier, Dubois, je les ai aperçus de loin quand la dernière attaque a commencé ! Vous avez dû les rencontrer en venant par ici". Le lieutenant s'arrête et me regarde avec un mélange de tristesse et de compassion. "Désolé mon gars, mais, à part vous, il n'y a personne d'autre de vivant dans le coin. Ceux qu'on a trouvés au sud nous attendent un peu plus loin". Auguste me tire par la manche "Viens, ils sont tous morts". Alors nous partons, profitant de la nuit ; de gros nuages noirs empêchent la lune d'éclairer le champ de bataille, c'est une aubaine pour nous. Nous ne leur en voulons même pas de déverser sur nous leurs trombes continues d'eau et de neige fondue.

Nous suivons nos nouveaux compagnons en direction des lignes arrière situées à plusieurs centaines de mètres de là. Nous avançons à découvert, car les boyaux, qui les reliaient au front, ont été détruits, pulvérisés. Je comprends mieux pourquoi les renforts ne sont presque jamais arrivés jusqu'à nous. Les pauvres gars se trouvaient dans l'obligation de progresser sans protection et la quantité de cadavres que nous devinons autour de nous, indiquent que nombreux sont ceux qui ont tenté le coup sans y parvenir. Nous pataugeons dans trente à quarante centimètres de gadoue. Toujours cette foutue glaise épaisse et liquide à la fois, dans laquelle on s'enfonce parfois jusqu'au genou. Nous avançons avec difficulté, chaque pas est une épreuve, d'autant que nous ne voyons pas où nous mettons les pieds. À chaque enjambée, c'est la loterie, soit on a la chance de marcher sur du sol presque dur, soit c'est un trou rempli de boue. Quand on essaye d'en sortir le pied, on a l'impression que notre jambe est aspirée vers le fond, et quand on arrive à l'en retirer, ça fait comme un bruit de succion, puis celui d'une grosse ventouse qu'on décollerait de son support. L'un de nous peine à s'extirper de cette gangue et lorsqu'il y parvient enfin, il s'aperçoit que sa chaussure est restée au fond. Mais il faut avancer, coûte que coûte, car le jour va bientôt se lever et, avec lui, les artilleurs allemands.

Soudain, le fantassin qui marche sur ma droite disparaît à ma vue. Il vient de glisser au d'une mare de boue, un trou plus profond que les autres, en poussant un cri. "Silence !". Cet idiot va nous faire repérer et les boches vont se mettre à canarder ; ils vont mitrailler dans la direction d'où proviennent les voix. Nous nous précipitons et le découvrons, enlisé jusqu'au-dessus de la taille, agitant désespérément les bras, cherchant quelque chose à quoi se raccrocher pour ne pas continuer de couler. Je lui tends mon fusil pour qu'il en attrape l'extrémité, puis je tire de toutes mes forces. Mais mes pieds dérapent dans la glaise meuble et détrempée et je me retrouve étalé sur le dos. Je me relève pour constater qu'il est toujours au fond, il s'est même enfoncé un peu plus, comme dans des sables mouvants. Il tient encore mon fusil. Deux autres camarades, à plat ventre sur le sol, parviennent à l'agripper par les sangles de sa cartouchière. Nous les attrapons par les jambes et tirons. Nous nous escrimons pendant de longues minutes, au risque de tomber et de rejoindre l'infortuné embourbé. Nous devons nous rendre à l'évidence, nous n'y arriverons pas. Nous avons dû faire du bruit en tentant de l'extirper de sa fosse, car plusieurs balles sifflent au-dessus de nos têtes. Le tir manque de précision, mais le coin va vite devenir malsain. Nous nous relevons et abandonnons le pauvre diable à son triste sort, lui promettant de revenir plus tard, avec des cordes, pour le sortir de là. Aucun d'entre nous n'en croit un traître mot. On le laisse crever ici, englouti jusqu'à la poitrine, englué, mangé, avalé, par la terre immonde dans laquelle il ne se débat déjà plus, engourdi par le froid.

Nous reprenons notre route, refusant d'écouter ses suppliques, sourds à ses appels de détresse. Si les frisés tirent dans sa direction, nous avons tout intérêt à nous trouver le plus loin possible de lui. Derrière nous, notre tranchée explose sur toute sa longueur. Les artificiers, qui nous guident, l'ont fait sauter pour éviter que les boches ne puissent s'y installer. Dans l'état où elle était quand nous l'avons quittée, je n'en vois pas l'utilité.

Il pleure de nouveau, des sanglots secouent ses épaules, de grosses larmes coulent sur ses joues ridées. Il les essuie du revers de la main. Au-delà de la souffrance physique qu'il a endurée, je crois que c'est le fait d'avoir dû abandonner un compagnon à la mort qui lui fait mal. Il en a vu se faire abattre par l'ennemi, celui-là il a le sentiment de l'avoir tué lui-même.

Lorsque nous atteignons nos lignes, nous nous faisons connaître avant d'être à portée de vue et de tir. Ce serait idiot de se faire zigouiller par des Français après tout ça… Puis nous courons sur les dernières dizaines de mètres qu'il nous reste à couvrir. On nous aide à descendre dans la tranchée. Elle est bien mieux aménagée et équipée que ne l'était la nôtre. On nous accompagne à une casemate en pierres, sur le toit de laquelle est planté un grand drapeau français et où nous attendent des officiers, assis derrière une table sur laquelle s'étend une carte du front. Au fond de la pièce, des lits avec des matelas, un réchaud, des victuailles. Ils sont tirés à quatre épingles ; ça ne doit pas faire bien longtemps qu'ils sont par ici, trop propres pour ça.

Tout ce qui les intéresse c'est de savoir qui nous sommes, quels sont nos matricules, à quelle unité nous appartenons et surtout pourquoi nous n'avons pas tenu notre position. "Z'avez qu'à aller voir sur place au lieu de rester là, à l'abri, le cul vissé à votre chaise", répond sèchement un de mes nouveaux camarades. Nos yeux rougis par le manque de sommeil et l'air mauvais que nous arborons tous coupent court à l'interrogatoire. Lorsque nous nous enquérons de notre future affectation, on nous fait savoir que nous en serons avertis en temps et en heure. Nous devons simplement nous présenter au Capitaine Bodin qui est chargé de reconstituer un régiment à partir des soldats qui, comme nous, se retrouvent sans unité de rattachement.

Nous quittons la casemate et une estafette nous conduit à cinq cents mètres de là, au poste de commandement du Capitaine situé dans un abri moins confortable, mais plus accueillant. L'officier n'est pas présent lorsque nous nous pointons. On nous tend une gamelle de soupe toujours aussi infecte, mais chaude, des patates cuites, du pain noir. On remplit nos gourdes de vin rouge.

On nous expédie ensuite chez le fourrier pour nous rééquiper. Sur place, nous réclamons des masques à gaz, les derniers modèles. On nous les donne de bon cœur ; pour une fois, l'intendance a suivi et il y en a plus que nécessaire. Je récupère l'un des nouveaux fusils mitrailleurs que nous venons de recevoir et dont l'armurier me fait l'éloge. "Il est fabriqué par la manufacture d'armes de Saint-Étienne et, s'il ressemble beaucoup à son frère ainé le Chauchat, il a été débarrassé de ses principaux défauts. Il est plus étanche à l'eau et à la boue, son chargeur a été redessiné et il ne s'enraille plus". J'attrape deux musettes de boites de cartouches, quelques grenades et un casque. Une fois l'estomac rempli et l'équipement reçu, nous nous préparons à sortir pour trouver un endroit convenable pour passer la nuit. Quand nos hôtes nous proposent de rester à l'intérieur pour nous reposer, nous leur répondons que, même s'il gèle à pierre fendre, nous préférons dormir dehors que dans une tombe. Lorsqu'ils ont le dos tourné, nous en profitons pour dérober une pile de couvertures destinée aux officiers. Elles sont plus fragiles, mais nettement plus chaudes que celles de notre dotation.

Faute d'informations claires et précises, nous choisissons de nous installer sous un pin étêté par un obus, mais dont les larges branches basses nous servent de toit. Nous y accrochons nos toiles de tente toutes neuves et nous nous faisons un matelas d'aiguilles à peu près sèches. Serrés les uns contre les autres, nous passons une nuit agitée de cauchemars dans lesquels nous reviennent les images des jours précédents. Dès que je ferme les yeux, je revois les visages de tous les copains tombés ces derniers jours. Je me réveille à plusieurs reprises, tremblant de tout mon corps et trempé de sueur.

Je me lève pour aller pisser cherchant un coin isolé. Les premières lueurs de l'aube m'offrent un spectacle de désolation. Pendant que nous dormions, d'autres pauvres bougres comme nous se sont repliés, se sont débandés plus exactement. Il y a des soldats partout, toutes les armes sont représentées pêle-mêle. Je reconnais des uniformes d'artilleurs, de sapeurs, de zouaves, de tirailleurs sénégalais, de fantassins, d'infirmiers et même un aumônier ; il a dû avoir un sacré paquet de boulot ces derniers jours. Il n'y a plus aucune organisation. Les fusils, les casques, le matériel et tout le saint-frusquin jonchent le sol. J'oublie mon envie d'uriner et retourne auprès de mes camarades d'infortune. Sous ma couverture, je tremble de froid, de trouille, de haine, de rage et de honte. Je ne veux plus fermer les yeux, j'ai trop peur des images qui me hantent.

Enfin, la délivrance arrive, sous la forme d'un rayon de soleil qui pointe à l'horizon, alors, nous, les zombies de terre, rescapés des premières lignes, par réflexe, nous enfilons partiellement nos masques à gaz à la place de nos casques que nous attachons à la ceinture. Certains, fraichement parvenus de l'arrière ou de leur campagne natale et qui n'ont pas encore connu l'enfer des tranchées, nous regardent faire avec un mélange d'étonnement, de compassion, de tristesse et de réprobation. Ils pensent que nous sommes devenus fous. Mais les secondes qui suivent nous donnent raison, c'est parti et nous contemplons le spectacle. Les obus et les bombes commencent à pleuvoir là où nous étions il y a quelques heures à peine. Puis les artilleurs allemands allongent le tir, pour nettoyer une nouvelle zone de toute présence humaine. Les explosions se rapprochent petit à petit, rasant la forêt, labourant la plaine. En retournant la terre, elles font voler les corps, déchiquètent ceux des vivants et exhument ceux des morts. C'est une vision d'apocalypse, de fin du monde. Plus rien ne vit entre eux et nous, ni animal ni végétal. Il est temps de mettre les masques à gaz sur nos visages et nos casques sur nos têtes. Les jeunots, qui nous regardaient avec une certaine circonspection tout à l'heure, ont compris. Ils se précipitent sur leur paquetage et en extirpent leurs masques de protection. Rapidement, ils auront acquis le même instinct et les mêmes réflexes que nous, et peut-être gagné quelques jours sur la mort.

Prudemment, avec Auguste, nous nous installons à bonne distance de la casemate et de son fier étendard, bien visible aux jumelles depuis les lignes allemandes. Les obus éclatent de plus en plus près de nous. Quelques canonniers semblent avoir pris le drapeau pour point de repère, car ça tombe dru en direction de la construction de pierres. Et puis soudain, une fantastique explosion fait sauter tout le bazar, projetant une pluie de caillasses, de détritus et de chairs martyrisées, arrachées, broyées. Nous n'avons aucune compassion pour ces crétins qui avaient pavoisé leur abri et y avaient stocké des munitions. Dans un rayon de trente mètres, il n'y a plus rien, le néant, juste un immense cratère vide.

Nous mettons un terme à notre contemplation de ce macabre spectacle, lorsque nous reconnaissons le bruit caractéristique des obus à gaz. "Schouff, Bang". Nous vérifions l'ajustement de nos masques. À travers leurs hublots, nous assistons aux courses effrénées des pauvres bougres qui cherchent désespérément un masque ou un abri pour se protéger. Pour un grand nombre, c'est déjà trop tard. Ils s'appliquent un mouchoir ou la manche de leur vareuse sur le nez et la bouche, protection vaine et inutile. Leurs poumons brûlés, leurs visages ravagés, ils sont condamnés à une longue agonie et à une mort atroce. Avec Auguste, nous nous installons avec tout notre équipement dans le gros trou qu'un engin explosif vient de former, emmitouflés dans nos bâches de toile épaisse. La mienne, je l'ai récupérée sur un cadavre déchiqueté. J'espère que la théorie, qui dit que deux bombes ne tombent jamais au même endroit, va se vérifier. Recroquevillé au fond de ma tombe, j'attends, avec calme et sérénité, l'obus de 75 ou de 105 qui m'est destiné.

Grand-père est parcouru d'un tremblement nerveux. Je m'approche pour le prendre dans mes bras pour le réconforter, mais il me repousse gentiment, sans me regarder. Je ne suis pas vraiment sûr qu'il ait encore conscience de ma présence. Il poursuit.

Je ressens les paquets de terre qui pleuvent sur ma bâche. Je ne prête plus attention aux bruits des explosions qui ne me font même plus sursauter. Je n'entends pas les cris de mes camarades aux membres arrachés, aux gueules cassées, aux corps éventrés. Je sais le spectacle qui m'attend au dehors de mon cloaque ; je l'ai déjà vu, j'en connais la fin. Mais, aujourd'hui, est une bonne journée, car il n'y a pas d'assaut de l'infanterie. Quand la nuit arrive enfin, tels les rats que nous sommes devenus, nous sortons de notre tanière et cherchons à survivre. Toujours les mêmes réflexes pour subsister : trouver de quoi manger et boire.

On se rend à la roulante, la cantine mobile, du moins, là où elle se tenait hier, mais il n'y a plus qu'un tas de ferraille distordue. J'avise un cuistot et lui demande où on peut dénicher de quoi rassasier nos estomacs. "Désolé les gars, pour le rata, faudra attendre. Presque tout a été volatilisé par les bombardements", me répond-il d'un air triste "Tout a disparu les patates, les fayots. Nous ne disposons que de quelques boites de singe et du pain noir, le reste est foutu". Un coup d'œil vers ce qui était la réserve me le confirme. Une dizaine de gros rats se battent pour un morceau de barbaque et les vestiges d'un sac de riz éventré. Nous récupérons quelques rations, remplissons nos gourdes de vin et nous en retournons à notre campement de fortune. De pauvres types encore plus affamés que nous entreprennent de disputer la viande avariée aux rongeurs. Les rôles s'inversent.

En chemin, on croise d'autres êtres fantomatiques, mais nous ne nous parlons pas, nous n'avons plus les mots pour ça. Auguste repère un chiotte en bois qui tient toujours debout, il ouvre la porte et découvre un bidasse mort. Nous décidons d'aller faire nos besoins derrière la baraque. C'est pour moi une vraie délivrance, car j'ai attrapé un début de chiasse. Par hasard, on tombe sur un abreuvoir pour chevaux, mais tous les équidés gisent les quatre fers en l'air, le ventre déjà gonflé par les gaz intestinaux. On se met en sous-vêtements et on procède à une toilette sommaire en s'aspergeant d'eau verdâtre et en se grattant la peau avec les ongles. C'est toujours mieux que rien. Ce n'est que lorsque nous avons satisfait nos besoins naturels et retrouvé un semblant de propreté que nous reprenons quelque humanité.

Nous rejoignons nos camarades de la nuit précédente, nous échangeons nos premières paroles de la journée, nous partageons un paquet de cigarettes récupéré sur un cadavre, un morceau de pain rassis ou une boite de soupe découverts au fond d'une musette abandonnée. Le reste de la matinée, nous errons sans but, juste pour ne pas demeurer oisifs et ne pas penser. L'après-midi, nous donnons un coup de main aux infirmiers, venus d'on ne sait où, pour tenter de sauver ceux qui peuvent encore l'être. On les aide à transporter les blessés qu'il est possible de soigner vers l'infirmerie ou l'unité chirurgicale. Pour les autres, ce sera l'aumônier qui passera les voir. Je crois bien que, comme les jours précédents, c'est lui qui aura le plus de travail. Enfin, on va se coucher et essayer de trouver le sommeil.

J'ai un nouveau copain, Germain, que je présente à Auguste. Nous nous sommes rencontrés quelques jours auparavant en faisant la queue pour le ravitaillement. Nous nous sommes retrouvés ce matin à la popote flambant neuve qui a été livrée pour notre secteur. Il nous propose de nous loger, un peu plus loin dans la tranchée sud. Ses compagnons de chambrée sont morts l'avant-veille, emportés par un obus. Il nous fait l'éloge de leurs aménagements, alors nous acceptons ; là ou ailleurs, c'est du pareil au même. Et comme personne ne semble se soucier de notre sort…

Ils sont tout un groupe à être cantonné ici depuis plusieurs mois, et le calme relatif qu'ils ont connu dans ce coin leur a permis de parfaire leur installation. Ainsi, ont-ils creusé, dans les parois, des sortes de lits sarcophages. Terme qui les fait beaucoup rire. "On a un mètre cinquante de terre au-dessus de la tête ; si ça vient à s'effondrer, on sera aussitôt enterrés. Y'aura plus qu'à planter une croix avec notre nom dessus". La cavité se trouve à environ un mètre du fond de la tranchée, afin d'échapper à tout risque d'inondation. Elle mesure un mètre de large sur un de hauteur et deux de profondeur. L'intérieur est étayé et son plancher recouvert de voliges. On peut y dormir à deux avec tout son barda. Comble du luxe, certaines disposent même d'un morceau de bâche ou de couverture, fixé au-dessus de l'entrée et qui fait office de rideau. Je souris en apercevant les têtes rigolardes qui dépassent un peu partout de ces logements troglodytes. On y installe nos affaires et on profite de ce relatif, mais précieux confort.

Germain vient d'un petit village du côté de Bordeaux, il est marié et sa femme était enceinte quand il est parti. Elle a accouché d'une fille, mais il ne l'a pas encore vue. Il aurait bien voulu rentrer chez lui pour la prendre dans ses bras et l'embrasser, mais la limitation de la durée des permissions et les difficultés de transport qu'il a rencontrées lorsqu'il a tenté de traverser le pays pour rejoindre sa Gironde natale, ne le lui ont pas permis. C'est tout ce que je saurai de sa vie ; les amitiés sont courtes ici. Il disparaît le lendemain matin. "Je ne vais tout de même pas pisser dans notre chambre", me dit-il en rigolant. "Moi j'ai préféré le faire dans un casque ramassé par terre et jeter le contenu par-dessus bord", lui réponds-je. Je le regarde s'éloigner. "Schiiff, Boum". J'attends son retour, en vain. Quand je sors plusieurs heures plus tard, à la fin d'une nouvelle grêle de feu, de fer et de mort, je ne trouve aucune trace de son corps, volatilisé.

Pas le temps de s'apitoyer sur son sort, la marée humaine revient pour tenter de nous submerger. On a reçu tout un stock de munitions, un train entier de camions de l'intendance, alors on tire, on tire, on tire sans fin. Des compagnons tombent autour de moi, je ne connais même pas leur prénom. Je fais feu en rafale, sans viser. Je vide chargeur sur chargeur. Le canon de mon fusil mitrailleur est chauffé à blanc, si je ne le refroidis pas, il va finir par me péter à la figure. Je le plonge dans l'eau boueuse dans laquelle nous piétinons. Je sais que c'est une folie, le choc thermique pourrait courber le tube de métal ou le fendre, celui-ci pourrait se retrouver obstrué par la terre, mais je n'en ai cure. De toute façon, je ne sortirai pas vivant de cet enfer. Je me remets en position et recommence à arroser l'espace en face de moi. La vague repart en arrière, quelques heures gagnées dans cette course à la survie.

Sa voix baisse encore d'un ton, elle est à peine plus audible qu'un murmure. Elle laisse transparaître la privation, les souffrances, la peur, le dégoût et tout ce qu'il a subi là-bas.

Ça continue comme ça pendant des jours et des jours, je ne saurais dire combien. À croire que les gars d'en face ont des réserves inépuisables de munitions et d'hommes. Parfois, ça s'arrête et nous percevons les détonations sporadiques de nos canons à l'arrière. Quelques salves seulement, à l'efficacité incertaine et illusoire. Mais le calme ne dure pas, ils reviennent. Alors, les morts-vivants, que nous sommes, se relèvent, attrapent une arme au hasard et se mettent en position. La brume et la pluie omniprésentes ne nous permettent pas de profiter de la vision fantastique et effrayante de la horde sauvage qui fonce vers nous. Nous les entendons hurler et beugler, ils s'approchent et, soudain, des silhouettes apparaissent, fantômes sortants du néant, nous tirons. Notre stock de munitions s'épuise rapidement. Moi, il ne me reste qu'une dizaine de cartouchières pour mon fusil mitrailleur et trois grenades. Les ombres humaines se multiplient, créant un mur sombre et mouvant. Plus nous en tuons et plus il en arrive, un flot continu de haine.

J'installe un nouveau chargeur, j'arme et j'arrose l'espace devant moi d'une longue rafale, gardant le doigt replié sur la détente. Des ombres s'effacent, d'autres les remplacent. Je recommence les mêmes gestes, encore et encore. Je plonge la main dans ma musette, mais n'y trouve rien, j'ai épuisé mon stock. Je jette le fusil derrière moi et lance mes trois grenades dans la masse en mouvement qui progresse toujours.

Je distingue maintenant les yeux pleins de haine des assaillants. Deux d'entre eux sautent sur une mine à moins de dix mètres devant moi. Prudemment, les autres choisissent de changer de cap. Sur ma gauche, une mitrailleuse tire encore. À droite, dans la tranchée, les uniformes bleus de mes camarades ont été remplacés par les gris verts des soldats allemands. L'étroitesse du passage à cet endroit ne leur permet pas d'arriver à plusieurs de front pour m'embrocher avec leurs baïonnettes.

Alors, embusqués dans un recoin, à la sortie de ce goulet, nous sommes deux à les attendre et dès que l'un d'eux apparaît, on lève notre pelle, c'est tout ce qu'il nous reste, et on cogne. L'un de nous frappe d'un mouvement circulaire et horizontal, à hauteur du bas du visage, ainsi on ne risque pas de toucher le casque. Sitôt le soldat tombé au sol, l'autre lui assène un second coup du tranchant en visant la gorge, dont jaillit un flot de sang. Un deuxième apparaît, il subit un sort identique, puis un troisième. Je ne suis plus qu'un animal aux abois, qui combat pour sa survie.

Je ne suis qu'une machine à tuer. Je ne suis même plus conscient que ce sont des hommes que je massacre. Des pères de famille, des maris, des enfants. Des coups de sifflet stridents se font entendre de nouveau, un clairon sonne au loin et… plus rien. Ils repartent d'où ils sont venus, refaire le plein de munitions et de chair à canon. Il n'y a plus âme qui vive autour de moi, ni ami, ni ennemi. Celui avec qui je faisais équipe, il y a quelques instants à peine, finit de crever dans la boue, éventrée par le tranchant d'une baïonnette ; un dernier râle et c'en est terminé. Lui non plus je n'ai pas eu le temps de connaître son nom.

Une fois de plus, je me retrouve seul, les bras ballants, ne sachant quoi faire. Pas de trace d'Auguste. Mes nerfs sont tendus à vif, à la limite de la rupture. Mais je n'ai pas le loisir de penser que déjà un grondement au loin annonce une nouvelle averse de métal et de gaz de mort. Je me réfugie dans ma cavité de terre. Comme un automate, je remets mon masque, coiffe mon casque, me recouvre de ma capote et attends que tout ça se termine, prostré.

Enfin, la nuit tombe, salutaire, calme et silencieuse. Les canons se sont tus. Aujourd'hui, les fantassins ne sont pas revenus. Les rats apparaissent, ce soir encore ils font faire bombance. Je sors de mon cercueil de terre qui par miracle est intacte. Ce n'est pas le cas pour mes voisins. Côté nord, tout a été détruit, ils ont été ensevelis vivants. Je n'ai pas le courage d'aller voir s'il y a des rescapés, j'ai trop peur de me retrouver face à des blessés, des estropiés et des mourants. Je pars donc vers le sud, à la recherche une présence rassurante.

Je parcours une bonne cinquantaine de mètres de boyaux de terre et de pieux de bois, enjambe des dizaines de corps. Je tombe sur un lieutenant allemand couché à même le sol, le dos appuyé sur le cadavre d'un autre boche. Il a reçu un coup de baïonnette dans l'abdomen, une grande tache de sang coagulé souille sa veste et son pantalon. Cela doit faire un sacré bout de temps qu'il est étendu là à crever. Il tient toujours son pistolet à la main et lorsque je le lui arrache, il ne résiste pas, il entrouvre les yeux. Son regard est vide, je n'y lis que de la lassitude, de l'épuisement, de la résignation et l'absence de toute émotion, de tout ressenti. Il doit avoir à peu près le même âge que moi, sûrement un brave type, un bon père de famille. Quand je pointe l'arme dans sa direction, une lueur d'espoir apparaît. Je connais cette expression, je l'ai vue si souvent dans les yeux de mes camarades. C'est celle de l'appel de la mort, de la délivrance. Je vise sa poitrine, il me sourit tristement puis, cligne des paupières en signe d'encouragement. La détonation me fait sursauter. Je me sens vide. Je lui vole ses cigarettes, sa gourde pleine de schnaps et ses bottes en cuir pour remplacer mes godillots défoncés et mes bandes molletières déchirées ; je n'en éprouve aucune honte.

Je reprends mon chemin et soudain, je tombe sur un groupe d'une douzaine d'hommes. Ils sont dans un tel état de saleté que je ne sais pas à quelle armée ils appartiennent. Ils sont assis à même la terre, les pieds enfoncés dans la boue jusqu'aux chevilles. Je m'approche avec prudence. J'entends parler français alors je m'enhardis et crie mon nom en demandant de ne pas tirer. "Tu peux venir, me répond une voix anonyme, t'as rien à craindre, on n'a même plus de munitions". Je m'avance et avise un soldat allemand blessé à l'épaule, fumant une cigarette, un autre est accroupi à côté de lui ; j'ai un mouvement de recul et pointe mon pistolet dans leur direction. "Ne t'inquiète pas, ils ne te feront rien, on a décidé d'arrêter de s'entretuer" me lance un caporal, et il me désigne, d'un geste de la main, mes nouveaux copains d'infortune. Il y a là dix ou douze Français et deux Allemands qui se partagent une bouteille de vin rouge qui a échappé par magie à la furie des hommes. Je m'assois avec eux, je leur fais passer la gourde de schnaps. Nous n'avons rien mangé de consistant depuis au moins deux jours, alors l'alcool fait immédiatement son effet. Comme les autres, je suis rapidement beurré et je pleure en silence, les nerfs brisés.

C'est un vieillard qui se trouve en face de moi. Il n'est plus que l'ombre de l'homme que je connais, ou que je croyais connaître.

Le lendemain, à l'aube, nous avons guetté les détonations annonciatrices du départ d'une nouvelle journée de bombardement, en vain. Soit les Allemands ont épuisé leur stock de munitions, soit leurs généraux ont décidé d'aller jouer plus loin. Alors on se risque à jeter un œil vers l'est. Quand la brume se lève, chassée par la légère brise et les maigres rayons de soleil qui parviennent à percer les nuages épais et gris, nous ne reconnaissons pas le paysage que nous avons devant nous. Il faut dire que depuis plusieurs jours, nous ne vivions que la nuit. Il n'y a plus un arbre à portée de vue, la forêt qui se trouvait à deux cents mètres s'est évaporée, les troncs ont été déchiquetés, à peine quelques souches en prouvent encore la présence passée. La colline qui s'élevait légèrement sur notre droite n'existe plus, elle a été arasée, nivelée, dévastée. La plaine, qui nous sépare des boches, n'est plus qu'un champ ravagé, détruit, remodelé, déformé par des trous de toutes tailles. Il y a eu tellement d'impacts qu'il est impossible de les dénombrer. Ça ressemble à la surface de la mer en pleine tempête ; une mer de terre.

Derrière nous, la lumière blafarde nous offre le même spectacle de désolation. Notre tranchée n'est plus le beau fossé rectiligne coupé d'angles droits qui faisait la fierté de nos officiers, il serpente, à peine visible, d'un cratère de bombe à un autre, comblée çà et là par des amas de terre et de gravats, des enchevêtrements de poutres de bois et de planches, des restes de matériels et de corps humains. Sur la gauche, trois arbres ont réchappé au carnage ; dans l'un d'eux, un cadavre mutilé, déposé là par le souffle d'une explosion, pend lamentablement, accroché à une branche. Malgré cette vision d'horreur grotesque, nous n'avons qu'une idée en tête, toujours la même, trouver de quoi manger et boire. Alors nous cherchons un peu partout, nous furetons dans tous les coins, farfouillons dans les décombres et dans les musettes abandonnées, déblayons à chaque emplacement où l'un d'entre nous croit se souvenir qu'il y avait un abri dans lequel on pourrait éventuellement dénicher des vivres.

Un cri de joie, l'un de nous vient de tomber sur la caverne aux trésors, un poste de commandement avancé dont l'ouverture a été ensevelie sous la terre. Des remugles émanent du réduit et agressent nos narines ; ce sont les corps des officiers et de leurs ordonnances qui pourrissent là depuis au moins trois ou quatre jours, recouverts de grosses mouches bleues et en partie bouffés pas les rats. Nous connaissons bien cette odeur avec laquelle nous vivons en permanence, car cela fait bien longtemps que nous n'enterrons plus nos morts ; un mélange de gangrène, de putréfaction et de chair en décomposition. On déblaye l'accès, on sort les cadavres, que l'on dépose à bonne distance, tant ils puent la charogne, et on s'installe, confortablement si on compare à ce que nous avons supporté ces derniers temps.

Nous faisons un festin de boites de singe, de fayots, de fromage à pâte cuite à peine moisi et de biscuits sucrés, arrosés de l'éternelle piquette. Nous découvrons même une bouteille de Cognac cachée sous une couchette. Nos Allemands, que nous traitons comme des camarades et non des prisonniers, ne connaissent pas ce breuvage, mais après quelques lampées, nous avons toutes les peines du monde à la leur reprendre.

Tout à coup, nous sommes en alerte, l'un de nous vient d'apercevoir un petit groupe de boches qui se s'est infiltré à travers ce qu'il reste de nos défenses. Immédiatement, nous sommes en position. Les voilà, ils courent vers nous le corps cassé en avant. Ils doivent penser que s'ils n'ont pas essuyé de riposte, c'est qu'il n'y a plus personne dans ce coin. Avec les munitions trouvées dans la casemate des officiers, nous tenons tant bien que mal notre bout de tranchée. Surpris, ils semblent hésiter sur la marche à suivre ; nous les tirons comme des lapins. Un des deux Allemands que nous avons recueillis se fait déchiqueter par une grenade lancée par un de ses compatriotes, ce qui a le don de mettre le second hors de lui ; il attrape un fusil abandonné, sort de l'abri et leur tire dessus à son tour. Une balle en plein cœur à raison de sa folie.

Il fait une pause, je n'ose pas l'interrompre, car je sens qu'il tente de recouvrer ses esprits, de revenir peu à peu à la réalité. Il reprend.

Quelques jours plus tard, en milieu d'après-midi, trois gars d'un groupe de reconnaissance apparaissent accompagnés d'un adjudant. Celui-ci demande à voir l'officier responsable de notre unité. Nous éclatons d'un grand rire mauvais ; mais qu'est-ce qu'il croit celui-là ? Escouade, section, compagnie, tout ça n'existe plus que sur le papier, sur le terrain il n'y a plus rien de tout ça. Quant à notre lieutenant, tout fraîchement, il s'est fait descendre hier. Le dernier sergent que nous avions est mort ce matin, la tête arrachée par un obus. Comme je suis le plus vieux, il me nomme caporal. S'adressant à moi, il m'informe que des Alsaciens, enrôlés de force dans l'armée allemande, ont déserté et ont rejoint nos lignes. Ils ont révélé que les fantassins allemands n'occupent que partiellement la colline située au sud du lieu où nous nous trouvons. Le renseignement est tombé à pic ; notre état-major craint que les boches y installent un poste d'observation et de l'artillerie. Ce serait catastrophique, ils pourraient alors arroser le reste de notre défense sur plus d'un kilomètre à la ronde. On lui a donc confié la mission de regrouper des hommes pour reprendre cette position aujourd'hui même. Quelle est la raison, ou la folie, qui nous poussent à l'écouter ? Pourquoi l'un de nous a-t-il l'idée saugrenue de se porter volontaire ? Pourquoi décidons-nous de l'accompagner ? Est-ce le fait que, depuis bien longtemps, ce soit le premier sous-officier qui semble avoir une vision précise de ce qu'il faut faire pour nous sortir de ce merdier ? Je ne saurais le dire.

Vers seize heures, notre artillerie pilonne la colline. Une concentration de tirs impressionnante. Pendant une heure, la bute est être l'objet d'un feu nourri et continu d'obus de tous calibres. Nous regardons les paquets de terre s'élever dans les airs, nous sommes fascinés par ce spectacle de destruction de masse. J'imagine les pauvres types qui tentent d'échapper à ce déluge, maigre retour des choses après ce que nous avons enduré. Le gars qui se trouve à mes côtés me fait remarquer qu'on aperçoit maintenant une partie du paysage derrière le tertre. Effectivement, son sommet a disparu, il a perdu plusieurs mères par rapport à sa hauteur initiale, arasé par la canonnade.

Dans notre dos, le soleil s'est effacé derrière l'horizon. Sur ordre de l'adjudant, nous nous préparons à passer à l'attaque. Nous ramassons tout ce que nous pouvons transporter, armes, munitions, boite de ration, couvertures, toiles de tente, pelles, masques à gaz, et attendons que l'artillerie se taise. Lorsque le silence se fait, nous nous mettons en route. Nous ne sommes qu'une vingtaine et je n'en connais presque aucun, à peine quelques prénoms. Les éclaireurs nous annoncent que les boyaux de liaison, entre le front et la seconde ligne de tranchées, ont été totalement détruits et que nous n'avons d'autre solution que de passer en terrain découvert.

Courageusement, ils prennent la tête de la colonne et nous montrent la voie à suivre pour éviter les champs de mines ravagés, mais toujours dangereux. Nous nous déplaçons le plus silencieusement possible, pas un mot n'est échangé, nous ne communiquons que par gestes. Méfiants, nous progressons à tour de rôle. La moitié du groupe se met en position de tir, les autres avancent courbés en deux, rasant le sol, jusqu'au trou suivant. Alors, les rôles s'inversent, ceux restés derrière pour nous protéger nous rattrapent, nous dépassent et se plongent à terre. De temps à autre, quelques coups de feu sporadiques se font entendre en provenance des lignes ennemies. Il semble que plusieurs sections d'assaut fassent comme nous, car, à environ trois cents mètres sur notre droite, deux formidables explosions nous indiquent que de pauvres types se sont aventurés par mégarde dans un champ de mines. Comble d'ironie morbide, ce sont celles que nous avons enfouies dans la terre il y a quelques semaines.

Notre progression est lente et pénible, le sol change à chaque pas : tantôt boueux et tapissé d'une pellicule de neige sale et glissante, tantôt durci comme de la pierre par le gel. On ne sait jamais sur quoi on met le pied dans la pénombre. Depuis environ une heure que nous sommes partis, nous n'avons couvert qu'à peine huit cents mètres. Il nous en reste quatre cents à parcourir et plus nous nous rapprochons de notre but, plus le risque de se faire descendre augmente. La nuit qui tombe nous protège à la vue, mais nous empêche d'anticiper les pièges qui nous barrent la route, barbelés, mines, morceaux de ferraille ou de bois, trous d'obus, autant d'obstacles que nous ne pouvons pas tous éviter. Même nos éclaireurs éprouvent les pires difficultés à reconnaître le terrain où nous nous trouvons. Nous avançons la peur au ventre, ne sachant d'où viendra la mort.

Nous ne nous déplaçons plus que par reptation. Nous nous enfonçons presque jusqu'aux épaules dans la neige qui recouvre la terre gelée sur laquelle nous nous écorchons les coudes et les genoux. Il nous faut une autre demi-heure pour parcourir les deux cents mètres suivants. Il nous en reste autant à faire. À cette distance, les boches peuvent maintenant nous entendre et il nous est impossible d'être totalement silencieux. Nous nous regroupons pour décider de la suite à donner à notre expédition.

Le froid et l'humidité transpercent nos vêtements ; la fatigue, l'hypothermie, la tension et la peur nous font trembler des pieds à la tête. Quelque part à droite, des échanges de tirs nourris et des explosions nous parviennent aux oreilles. Comment est-il possible qu'il y ait encore des êtres vivants ? Les Allemands sont à coup sûr sur le qui-vive, alors l'adjudant décide d'accélérer le mouvement. Nous avancerons en ligne, à dix mètres les uns des autres, chacun avec une grenade à la main. Si on se fait repérer, on la balance et on fonce dans le tas en faisant feu. Cette solution ne me dit rien qui vaille, mais il faut agir vite et je n'en vois pas d'autres.

Nous nous dispersons en largeur et nous marchons vers une mort inéluctable, attendant de recevoir la balle qui va nous faucher. Mais rien ne se passe, alors nous accélérons le pas, nous courrons. Cent mètres, quatre-vingts, soixante. Une détonation juste sur ma gauche, un camarade qui monte dans les airs au milieu d'une gerbe de terre, saloperie de mine. Comme des papillons de nuit attirés par une lanterne, les boches se mettent à canarder la zone. Les balles sifflent. L'une d'elles me touche à l'épaule. Sans m'arrêter, je dégoupille une grenade et la balance dans la direction d'où partent ces coups de feu. Plusieurs de mes compagnons ont eu la même idée et une dizaine d'explosions éclairent les lignes ennemies.

Les tirs boches cessent, remplacés par les nôtres. Fusil mitrailleur à la hanche, je vide un chargeur à l'aveuglette droit devant moi. Quarante mètres, vingt. Je m'emberlificote les pieds dans des barbelés qui déchirent mes pantalons et les chairs de mon mollet. Pas le temps de me lamenter sur mon sort, si je reste immobile je suis mort. J'en profite pour engager un nouveau chargeur, me relève et reprends ma course en tiraillant. Heureusement, mes projectiles se sont dispersés dans la nature et n'ont pas atteint les lignes boches, sinon ce sont mes compagnons que j'aurais fauchés. Je suis le dernier arrivé et les autres sont déjà tous là, du moins ceux qui sont parvenus à éviter les mines et les balles, une douzaine à peine. Apparemment, les quelques fridolins, qui nous ont canardés, ont déserté l'endroit précipitamment. Quand on voit dans quel état se trouvent leurs maigres défenses, cela n'a rien d'étonnant.

Nous nous installons tant bien que mal, fusils pointés vers un ennemi invisible. Nous sommes toujours sous tension, car, à gauche comme à droite, les tirs se sont faits plus nourris. Les boches n'ont pas abandonné leurs positions sur toute la longueur de leur ligne. On perçoit les explosions des grenades et le staccato des mitrailleuses qui indiquent que les combattants se font face à quelques dizaines de mètres à peine les uns des autres. Un rayon de lune filtre entre les nuages et éclaire une petite section d'Allemands qui battent en retraite à moins de cent mètres de nous au sud-est. Nous n'avons aucun scrupule à leur tirer dans le dos ; pour ma part, le doigt crispé sur la détente, je fauche tout un groupe d'une demi-douzaine de boches en une seule longue rafale.

Nous prenons position et tentons de retrouver les vestiges d'une tranchée que nous pourrions remettre en état. Il n'en reste qu'un morceau, à peine assez large pour laisser passer un homme. Nous y descendons et nous enfonçons dans trente centimètres d'un mélange d'eau et d'argile, qui nous engloutit jusqu'aux mollets. Pendant des heures, nous nous acharnons à écoper, puis nous pelletons cette argile lourde et collante. Le travail est épuisant, d'autant que les parois ont la fâcheuse tendance à s'écrouler au fur et à mesure, et tout est à recommencer. Certains, au péril de leur vie, parcourent les alentours à la recherche de madriers ou de pieux, de tôles ou de planches, pour les consolider. Nous sommes trempés de sueur, les mains écorchées, le dos brisé, les muscles douloureux.

Mais la pénibilité physique n'est rien, le pire survient lorsque des camarades tombent sur un véritable cimetière, un charnier. Il doit dater de plusieurs semaines, car une partie des chairs a déjà disparu. Il ne reste que des os retenus entre eux par des lambeaux de peau et des tendons. Les premiers corps découverts sont sortis avec d'infinies précautions, comme si nous voulions éviter de les blesser. Mais il y en a un tel nombre, et dans un état de décomposition si avancé que nous balançons les suivants à l'extérieur comme s'il s'agissait de détritus. Certains ont les nerfs qui lâchent, ils se laissent tomber sur le sol et pleurent, c'en est trop pour eux. Nous baissons les bras, car plus on en sort et plus on en trouve. Alors on les abandonne au fond du trou en faisant en sorte d'éviter de leur marcher dessus, mais c'est impossible. Résignés, nous nous contentons de nous débarrasser des crânes et tant pis si nous piétinons les os et les viscères. Nous, comme eux, n'avons plus rien d'humain.

Pendant que la moitié d'entre nous s'adonnent aux tâches de reconstruction, les autres font la chasse. Il y a ceux qui chassent l'eau au fond de la tranchée, ceux qui chassent leurs poux, ceux qui chassent les rats et ceux, enfin, qui partent à la chasse à la nourriture. Rats et nourriture sont liés. Les rongeurs sont déjà revenus, des spécimens gigantesques s'attaquent à tout ce qui peut se manger ; nos maigres provisions, nos déchets et nos mollets. Impossible de dormir tous en même temps. Les gardes de nuit ne servent pas seulement à surveiller les activités ennemies ; une grande partie de l'attention se porte à repérer, dans l'obscurité, les deux petits points brillants que constituent les yeux de ces foutues bestioles. La sentinelle attrape sa pelle, qui a remplacé son fusil et l'abat sur l'animal. On ne réussit qu'une fois sur dix, mais cela suffit à faire fuir les autres et à nous laisser quelques minutes de répit. Le lendemain, les rôles s'inversent, nous comptons les cadavres et évaluons la quantité de bidoche qu'il y aura pour chacun. Car ici, faute de tout ravitaillement, notre principale source de viande provient des rats. Certains, généralement les plus récemment arrivés sur le front, refusent d'en manger, sous prétexte qu'ils se sont nourris de la chair de nos camarades tombés les semaines précédentes. Nous, qui sommes si rapidement devenus des "anciens", avons dépassé ce stade de réflexion et de répulsion. Ce genre de considérations ne fait plus partie de nos préoccupations.

Tout autour de nous, le sol est jonché de cadavres en putréfaction, de morceaux de corps, des troncs sans membres, des têtes. Au final, nous renonçons à les enterrer de peur d'attraper des maladies ; on préfère laisser les rats les dévorer, pendant ce temps-là, ils nous fichent la paix. Nous tentons de survivre, agglutinés autour des feux sur lesquels nous mettons à fondre de la neige sale et boueuse pour faire cuire notre maigre tambouille, le peu qu'il nous reste, puis nous la buvons. La porter à ébullition est censé la débarrasser de ses microbes et de ses parasites, mais ce n'est pas totalement efficace. Certains d'entre nous se vident par le haut et par le bas, la dysenterie à coup sûr. Pas étonnant quand on voit le nombre de cadavres qui pourrissent dans l'eau stagnante dans laquelle nos pataugeons en permanence.

Cela fait quatre jours que nous sommes ici sans recevoir d'ordres, sans savoir ce qu'on attend de nous, sans ravitaillement. Nous n'avons emporté aucun moyen de transmission et nous ne sommes pas sûrs que nos camarades à l'arrière soient au courant que nous occupons les lieux. Notre adjudant craint que nous soyons pris pour cible par nos propres troupes ; la peur et la nervosité font que nous avons tous la gâchette facile et la fâcheuse tendance à tirer sur tout ce qui bouge. Il tente de se faire une idée précise des forces en présence et de leur localisation : il déplie la carte d'état-major de la région, sort sa boussole et nous l'aidons à faire un point de la situation dans laquelle nous nous trouvons. Mais tous les repères qui figurent sur son plan ont disparu de la réalité ; la forêt, les collines, les routes, les emplacements de nos défenses, les positions ennemies, tout a été détruit par les bombardements ou recouvert de terre et de neige.

Heureusement, les Allemands semblent avoir renoncé à récupérer notre monticule. Nous percevons des tirs de fusils, de mitrailleuses, de mortiers et de canons provenant de toutes les directions, nous ne parvenons même pas à déterminer si ce sont les nôtres ou ceux d'en face. Là où nous nous trouvons, nous ignorons si nous sommes à l'avant ou à l'arrière des combats qui se déroulent à quelque distance de nous. Peut-être sommes-nous encerclés sans le savoir. Alors on renonce à tenter de comprendre quelle est la situation autour de nous ; on se contentera de défendre notre colline, on verra bien si on y meurt ou si on y est faits prisonniers.

Deux gars ont succombé dans la nuit du dixième jour, des suites de leurs blessures. L'un avait eu la main arrachée par sa propre grenade et, faute de soins, la gangrène avait infecté son bras tout entier. Le second avait reçu une balle dans le ventre, il s'est vidé de son sang sans qu'on puisse y faire quoi que ce soit, on n'a même pas un infirmier avec nous. Depuis trois jours, notre adjudant était dans un tel état d'épuisement qu'il ne parvenait plus à se déplacer pour aller faire ses besoins, il se plaignait d'un fort mal aux articulations et son corps était couvert de taches rouges. Durant toute la nuit dernière, il a déliré, tenant des propos incompréhensibles, mélangeant le passé et le présent, le rêve et la réalité ; le diagnostic a été simple, il avait choppé le typhus à cause des poux, des rats et l'absence de toute hygiène. Cela n'a rien de surprenant. Il est mort au petit matin, dans une ultime crise de convulsions.

Un petit groupe a réussi à déblayer un goulet de liaison jusqu'à nos premières lignes au sud-ouest. Ils sont revenus, chargés comme des baudets de viande en boite, de patates cuites, de vin, d'eau, de tabac et de munitions. Au passage, l'un d'eux, un caporal-chef, a été nommé sergent et responsable de la défense de la colline. Lorsqu'ils déballent les provisions, un attroupement se fait et nous crions notre joie. Les vivres passent de main en main, on partage les miches de pain et les bouteilles. La solidarité entre nous est telle que nous vérifions auprès de nos camarades malades ou blessés qu'ils ont bien eu leur ration. La distribution terminée, nous nous asseyons sur place et dévorons. Nous étions si affamés, qu'en moins d'une heure, tout le ravitaillement a été englouti. L'après-midi même, ils repartent faire le plein. En route, ils balisent le chemin à emprunter et nous nous organisons pour nous y rendre à tour de rôle.

Le lendemain, ce sont Chauchard, Lepont et Latrémouille qui s'y collent, nous ne les reverrons pas, ils ont été pris sous un bombardement. Le jour suivant, c'est mon tour, avec Levy et Dépéroux. Nous n'essuyons pas de tirs, mais nous avons quand même la trouille au ventre. Nous en avons profité pour nous gaver de nourriture et de pinard. Le retour est pénible, car nous sommes chargés comme de baudets et à moitié ivres. Nous éprouvons toutes les difficultés du monde à retrouver notre chemin et à ne pas renverser les bidons de soupe.

Maintenant, chaque jour, nous avons des nouvelles du front ; il paraît que presque tout le terrain perdu a été repris aux boches et depuis hier, le bruit circule que nous allons enfin être relevés et que nous irons récupérer des forces à l'arrière. Nous n'y croyons guère tant nous avons le sentiment d'avoir été oubliés de tous. Pourtant, en fin de matinée, nous voyons débarquer un sous-lieutenant, tout frais émoulu de l'école des officiers, accompagné d'une section de soldats.

Nous sommes surpris de les voir arriver, ils le sont tout autant en découvrant nos tenues et de notre allure. Nous sommes habillés d'uniformes disparates, composés d'éléments trouvés au cours de nos recherches, aucun n'est réglementaire. Pour ma part, je porte la veste fourrée d'un capitaine de chasseurs à pied et les bottes dérobées à l'officier boche que j'ai achevé et détroussé. L'un d'entre nous se balade avec un casque à pointe ramassé dans une tranchée ennemie ; on se demande comment il a pu dégoter ça, ce modèle n'est plus utilisé depuis au moins un an, ce qui est dommage, car il constituait un bon point de repère pour nos tireurs embusqués.

Aussi, lorsque le petit lieutenant décide de tout remettre dans l'ordre, on fait bloc. Nous lui faisons très vite comprendre que nous avons défendu notre position avec les moyens dont nous disposions ; que si les planqués de l'arrière, tels que lui, avaient fait leur boulot au lieu de se tourner les pouces, nous n'en serions pas là ; que si nos dirigeants, et ceux d'en face, n'avaient pas été crétins à ce point, cette guerre n'aurait pas eu lieu. Enfin, que comme il peut le constater, il n'y a plus d'officier avec nous, tous ceux qui nous ont donné des ordres ces dernières semaines étant morts ou portés disparus. Il prend très vite la mesure de nos propos et des menaces à peine sous-entendues qu'ils véhiculent. Sans un mot, il nous montre la direction à prendre, alors nous suivons le petit lieutenant. Nous retournons d'où nous venons, nous avons fait tout ça pour rien. La colline a été presque totalement arasée et n'est plus d'aucune utilité pour les belligérants. Je jette un dernier coup d'œil en arrière. La terre semble avoir tout englouti, sauf la folie des hommes. Je n'y vois que mort et souffrance, carnage et boucherie, désolation et destruction alors je détourne bien vite le regard.

Nous prenons le chemin du retour à travers un dédale de cratères de bombes, de tranchées, de boyaux, de passages ; un vrai labyrinthe. Partout des armes abandonnées, des restes de mobilier, des vestiges de défenses et des cadavres, beaucoup de cadavres, amis et ennemis mêlés. Ils sont couverts de charognards qui s'envolent ou détalent à notre arrivée, puis reparaissent dès que nous nous sommes éloignés. Je baisse la tête pour ne plus les voir, je me concentre sur le dos de celui qui me précède pour chasser le triste spectacle de tous ces hommes morts pour rien.

Je me retourne et lance un dernier regard vers la colline, du moins ce qu'il en reste. J'y aperçois nos soldats installer leur matériel, réparer les défenses, mettre les mitrailleuses en batterie. Nous ne le savons pas à ce moment-là, mais ce tas de terre sera regagné à par trois fois par les boches et autant par notre armée. Pourtant, il ne présente plus aucun intérêt stratégique, c'est juste une affaire d'orgueil entre officiers des deux camps. À chaque assaut, ce seront des dizaines, des centaines de pauvres types qui se feront descendre ou estropier, autant de familles en deuil et d'enfants qui ne reverront jamais leur père ; tout ça pour rien. Un lieutenant, debout au sommet du monticule, observe ses hommes, leur donne des ordres ; il sera mort avant que le soleil ne se couche, emporté par une salve d'obus. Je détourne le regard et me focalise sur ma marche.

Pendant une heure, nous poursuivons notre retraite vers le sud-ouest. De temps à autre, nous apercevons des médecins penchés sur des corps et nous croisons des brancardiers qui retournent faire le plein de chair humaine. Un aumônier, armé d'un goupillon et accompagné de trois ou quatre soldats, parcourt le champ de bataille. Ceux-ci lui désignent les cadavres auxquels il donne l'extrême onction. Par endroit, il bénit un mélange infâme de glaise et de restes humains, une bouillie immonde de chair et de terre. Dieu y retrouvera les siens…

Au détour d'un chemin, nous tombons nez à nez avec la relève, de la chair à canon toute fraiche. Ils sont rasés de près. Ils sentent le savon. Ils ont de beaux uniformes bien propres, immaculés, des fusils tout neufs, des cartouchières de cuir cirées et pleines. Leur tenue est tout ce qu'il y a de réglementaire : les boutons de leurs vareuses brillent de mille feux, les godillots astiqués du matin, le sac parfaitement rangé avec la couverture bien roulée sur le dessus, la gourde remplie d'eau, le calot centré sur le crâne, la moustache lissée. C'est à peine s'ils ont un peu de boue collée à la semelle de leurs godasses, alors que nous en sommes couverts des pieds à la tête. Quand nous les croisons, ils se mettent sur le côté et nous dévisagent. On lit toutes sortes de sentiments dans leurs yeux : de la compassion, de l'étonnement, de l'inquiétude, de la peine et même de la réprobation… ils ne comprennent pas, ils ne savent pas précisément ce que nous venons de vivre et ce qui les attend.

Certains nous lancent un regard hautain plein de mépris et de dégoût. Est-ce lié à notre allure repoussante, au sang coagulé qui macule nos uniformes, à nos vareuses maintes fois rapiécées, à nos guenilles devrais-je dire, souillées et dépareillées, à notre puanteur, à cette odeur de mort, de déjections et de putréfaction, imprégnée dans nos vêtements, et qui nous accompagne en permanence ? Sont-ce les effluves nauséabonds de vinaigre et de pétrole que nous utilisons pour lutter contre les poux, les puces, les mouches et la vermine ? Ou bien, est-ce la vision de nos cheveux et de nos barbes hirsutes et sales, de nos teints glabres, de nos yeux rougis par les gaz, la haine et la fatigue, de nos traits tirés par l'absence de sommeil, de nos regards vides d'expression, de notre démarche lourde et titubante ? À moins que cela soit simplement dû au fait qu'ils se retrouvent dans l'obligation d'aller finir le boulot qu'on n'a pas été capables de terminer ?

Ils ne savent pas qu'ils vont à l'abattoir. L'un d'eux fait même une remarque sur le fait que nous puons l'alcool. En d'autres circonstances, je lui aurais sauté à la gorge, mais je suis tellement las, fourbu, usé, détruit physiquement et mentalement, que je m'en fiche. De toute façon, dans quelques heures, soit ils auront compris, soit ils seront estropiés, soit ils seront morts.

Enfin, nous quittons la boue des tranchées et des goulets pour un chemin de pierres qui nous amène à un petit village dont j'ai oublié le nom. Des infirmiers viennent à notre rencontre. Ils nous accueillent, avenants et doux, et font preuve d'empathie à notre égard ; ils sont... humains. Ils aident l'un d'entre nous à se libérer de son fardeau : un camarade estropié qu'il a transporté sur ses épaules depuis notre retraite. Quand ils lui font remarquer, les yeux emplis de tristesse et de compassion, qu'il est mort, il leur répond qu'il le sait, qu'il l'était déjà lorsque nous nous sommes mis en marche. Mais c'est un copain qui habitait le même village que lui dans le Gers. Il ne pouvait concevoir de rentrer chez lui un jour et de devoir avouer, à sa famille et à ses amis, qu'il l'avait abandonné, sans sépulture, aux corbeaux, aux rats et à cette terre maudite. Alors, il s'effondre, tombe à genoux et pleure, le corps parcouru de spasmes nerveux. Nous l'aidons à se relever, malgré son mètre quatre-vingt-dix, on dirait un petit gamin injustement puni.

On nous dirige vers des baraquements où nous pourrons nous laver, manger, boire et où on nous remettra des uniformes propres. Ensuite, nous pourrons nous reposer dans une grange qui a été transformée en dortoir équipé de châlits recouverts de matelas. Tout ceci représente un luxe auquel nous n'étions plus habitués.

Mais une dernière épreuve m'attend avant de pouvoir profiter de ce répit. Je suis envoyé à l'infirmerie pour faire soigner ma plaie à l'épaule. Ici, on s'occupe des blessés légers ou de ceux qui sont intransportables jusqu'aux les hôpitaux. On m'aide à me déshabiller. J'éprouve de la honte ; je suis sale, je chlingue, je suis couvert d'une épaisse pellicule de crasse, les poux pullulent dans mes vêtements et dans mes cheveux. Mes sous-vêtements empestent la sueur, l'urine et la merde. Un médecin nettoie puis examine ma plaie. Par chance, la balle a traversé l'articulation de part en part sans faire de dégâts. Elle a commencé à s'infecter, mais rien de grave. Avec d'infinies précautions, une infirmière retire la croute qui s'est formée, essuie le pue qui s'en écoule, puis me pose un bandage. Ses gestes sont calmes et précis, ses mains sont fines et douces, elle dégage une odeur agréable. C'est la première femme que je croise depuis des mois.

Cette parenthèse d'humanité se referme bien vite. Je reviens à la dure réalité. À travers les bâches tendues, je perçois les cris, les gémissements et les pleurs des blessés que l'on soigne. Je distingue le son caractéristique d'une scie en partie couvert par les hurlements du pauvre gars qui ne veut pas perdre sa jambe ou son bras. Un autre supplie pour qu'on l'achève tant sa souffrance est insupportable. Je sens l'odeur du sang et des viscères, celle de l'huile de camphre et de la morphine utilisées en injection pour atténuer la douleur, et celle de l'éther qui fait tourner la tête et donne envie de vomir. J'entends les ordres précis et calmes donnés par les médecins et les chirurgiens. Les brancardiers qui annoncent les pathologies, les blessures, les traumatismes des nouveaux estropiés qu'ils amènent en un flot continu.

Je dois quitter les lieux au plus vite, tout cela m'est insupportable ; pourquoi ces pauvres doivent-ils encore souffrir autant après ce qu'ils ont enduré ? Mais, dans mon empressement, je me trompe de direction et me retrouve dans un bloc de chirurgie. Des infirmiers emportent un cadavre, un autre attrape un seau d'eau dont il jette le contenu sur la table d'opération. Un liquide rougeâtre s'écoule dans une rigole, c'est une vie qui s'enfuit. Je fais demi-tour, cours vers l'extérieur et vomis.

À la sortie de l'infirmerie, une autre réalité se révèle à moi, brutale, violente et agressive. Trois corps sont allongés sur des brancards, en partie recouverts d'un drap sale, maculé de sang. Quel instinct me pousse à examiner leur visage ? Je ne saurais le dire. Les deux premiers affichent un air paisible ; on dirait qu'ils dorment. La figure du troisième est figée dans un cri de douleur, les traits tirés, les yeux exorbités. Malgré son masque de souffrance et de mort, je reconnais Auguste. Je soulève le drap et pousse un hurlement d'épouvante et d'effroi. Il n'a plus de jambes, juste une masse de chair et de sang coagulé d'où apparaissent les os de son bassin. Il a le bras droit broyé, en charpie. Je crie son nom puis tombe à genoux et pleure sans pouvoir m'arrêter. Je tremble, de tout mon être, de dégoût, de haine, d'épuisement intellectuel, de fatigue physique, de tristesse, de détresse. À cet instant, je regrette de ne pas être à sa place, il ne souffre plus. Un infirmier me prend par les épaules et m'aide à me relever. Il m'oblige me détourner de cette vision d'horreur, "on va s'occuper de lui, va te reposer, tu l'as bien mérité".

Comme un automate, je quitte mon copain, mon camarade, mon ami, mon compagnon d'arme et d'infortune. Je me retrouve au milieu des survivants, blessés, mutilés, estropiés.

Combien sont-ils à déambuler le regard fixe, vide et les yeux hagards ?

Combien sont-ils à tituber en tremblant de tous leurs membres, agités de spasmes incontrôlables, le cerveau brisé par les bombardements et les événements dont ils ont été témoins et les acteurs ?

Combien sont-ils, enveloppés de bandages sanguinolents qui cachent, en partie, leurs visages arrachés, détruits, méconnaissables et hideux ?

Combien sont-ils à déambuler sans but, une manche de leur uniforme vide de tout membre ou cherchant à bourrer maladroitement leur pipe de leur seule main restante ?

Combien sont-ils à se mouvoir en fauteuil roulant ou à se trainer à même le sol, sans jambes ?

Combien sont-ils aux corps maigres, bouffés de l'intérieur, les intestins ravagés par la dysenterie ?

Combien sont-ils, les nerfs brisés ou la figure rongée par le typhus ?

Combien sont-ils à attendre la délivrance, allongés sur des civières, le ventre déchiqueté, baignant dans leur sang et leurs déjections ?

Combien sont-ils les yeux brûlés, accrochés au bras d'un camarade dont ils ne verront jamais plus le visage ?

Combien sont-ils, unijambistes, à se déplacer appuyer sur des béquilles ou une jambe de bois, ou s'aidant de leur fusil en guise de canne ?

Combien sont-ils à gémir, à prier, à hurler, à geindre, à râler, à appeler leur mère, leur femme ou la mort ?

Combien sont-ils à errer seuls ou au bras d'un camarade, trébuchant ou chutant à chaque pas, aveugles, les yeux brûlés par les gaz ou crevés par un éclat ?

Des dizaines, des centaines, des milliers ? Je ne peux plus supporter cette vision d'horreur, c'en est trop. Alors je me précipite vers le baraquement que l'on nous a été assigné. Sur place, je me jette sur la nourriture et le pinard, surtout sur le pinard. Je bois tout mon saoul, pour chasser ces fantômes et ces débris inhumains, jusqu'à tomber de ma chaise, ivre mort.

Grand-Père s'est tu, les yeux fermés, les coudes posés sur les genoux, la tête dans les mains. Après de longues secondes, il se redresse lentement, prend une grande inspiration et poursuit, les yeux toujours dans le vague.

Je crois que j'ai enduré le maximum de ce qui était humainement supportable et je me demande encore aujourd'hui, comment j'ai fait pour survivre, comment j'ai pu rester un homme. Et je dois m'estimer heureux, moi je fais partie des chanceux je n'y ai pas laissé ma peau, je n'en suis pas revenu estropié, ni la gueule cassée, mes poumons n'ont pas été dévorés par les gaz, je n'ai pas sombré dans la folie. Les seules blessures que j'ai subies sont superficielles et je ne suis jamais retourné à Verdun…

J'ai été affecté à une compagnie d'intendance, à l'arrière, loin des premières lignes, des bombardements, des combats et de la souffrance. J'ai assisté à distance à la suite des événements, conscient de ce qu'enduraient les pauvres gars qui s'y trouvaient encore. J'ai passé des journées à compter les camions remplis d'obus, de ravitaillement, de munitions ou d'hommes partant vers le front. Je les voyais revenir, chargés de blessés, de mourants et de cadavres. Si c'était moins dur physiquement, cette relative inactivité me tapait sur les nerfs. Parfois, j'aurais préféré être là-bas, mon fusil mitrailleur à la main, à faire le coup de feu aux côtés de mes camarades.

Le pire, c'était le soir, lorsqu'allongé sur ma paillasse, bien au sec et au chaud, à l'abri des bombardements, je fermais les yeux. Je ne pouvais m'empêcher de revoir tous les visages de ceux qui avaient disparu. J'imaginais les hommes sales, épuisés et à demi fous, attendant la fin du déluge pour monter à l'assaut ou repousser celui des boches. Alors pour chasser mes démons, je buvais et fumais plus que de raison. Pour dire la vérité, j'étais à moitié ivre du matin au soir, c'était le seul moyen pour fuir cette monstrueuse réalité.

Même s'il ne se passe pas une journée sans que je revoie toutes les atrocités dont nous avons été l'objet, ou celles que j'ai fait subir à de pauvres gars comme moi, au bout du compte, je sais que j'ai eu de la chance. Mes principaux maux ne sont que la résultante de ma consommation excessive de tabac et d'alcool qui m'a abimé les poumons et le foie.

Une ultime épreuve m'attendait quand cette fichue guerre s'est enfin terminée ; je devais rendre visite à la famille d'Auguste. Nous nous en étions fait la promesse mutuellement : si l'un de nous deux était tué, le survivant devrait aller voir ses parents. Pas seulement pour leur annoncer que leur fils était décédé, mais pour mentir sur les circonstances de celle-ci. Ainsi, ont-ils gardé l'image de leur enfant tué sans souffrir par une balle en plein cœur alors qu'il montait vaillamment à l'assaut des lignes ennemies. Mort sur le coup sans même avoir le temps de ressentir de douleur, mort au champ d'honneur, mort en héros, mort pour ses camarades. Ils s'inventeront l'image de leur fils, fonçant au plus fort de la mitraille, arrêté net dans son élan, un petit trou rougeâtre sur la poitrine, une expression de défi dans les yeux. À quoi bon leur dire la vérité, sa souffrance et son corps baignant dans son sang, estropié, déchiqueté par un obus, le visage tordu, déformé par la douleur ; ça ne l'aurait pas fait revenir à la vie.

Les Martyrs de Verdun

Grand-père a terminé son long monologue, il relève un peu la tête, plante ses yeux embués dans les miens.

Tu vois, la guerre c'est ça. On est bien loin des images d'Épinal, des récits qui présentent les glorieux combattants de la liberté et de la démocratie, de l'amour de la patrie et du drapeau, de la franche camaraderie des soldats du front, du don de soi et de l'héroïsme indéfectible des poilus faisant face à l'adversaire. On n'a fait que tenter de survivre. On est aux antipodes des discours lénifiants que l'on entend aux commémorations de l'armistice et si je m'y rends chaque année, c'est uniquement pour rendre hommage aux copains que j'ai laissés là-bas. J'ai eu droit à une belle cérémonie le jour où j'ai été décoré de la croix de guerre, puis celui on m'a remis la Légion d'Honneur. Je ne les ai acceptées qu'en mémoire de tous ceux qui ont combattu pendant toutes ces années, elles leur reviennent. Elles sont restées dans leur boite au fond d'un tiroir ; tu pourras les prendre. Elles ne peuvent pas gommer les images de ce que j'ai vécu pendant ces quatre ans et qui me hantent à jamais. Il en est de même pour tous ceux qui y sont allés et ont eu la chance d'en réchapper.

Et eux là-haut, dans les hautes sphères, les généraux couverts de médailles et les maréchaux étoilés, les politiques qui nous gouvernent, ils savent, mais ce ne sont pas eux qui y vont. On n'existe que pour nourrir leurs sombres ambitions personnelles, pour assouvir la démesure de leur égo, pour rassasier leur soif inextinguible de pouvoir, pour alimenter leur plan de carrière. On n'est que de la chair à canon, que des nombres de vivants ou de morts, anonymes, dans des rapports de batailles livrées dans des lieux dont ils ne connaissent parfois même pas le nom. J'espérais tellement ne jamais devoir revivre ça.

Il fait une courte pause, prend une grande respiration, se redresse légèrement.

- Tu devrais rentrer chez toi maintenant, tes parents doivent t'attendre à la maison.

Les Martyrs de Verdun

Péniblement, je me lève et je les vois.

Ils sont tous là autour de moi, ceux qui en sont revenus.

Les gazés, au visage ravagé, aux poumons et aux yeux brûlés qui toussent comme des catarrheux, crachent et respirent avec un bruit de soufflet.

Les gueules cassées à qui il manque le nez, la mâchoire inférieure, une joue, un œil ou une partie du crâne, monstres à la vie brisée, humiliés par les regards qui se détournent et les proches auraient préféré qu'ils ne reviennent pas.

Les amputés, aux manches de veste ou aux jambes de pantalon vides, les boiteux aux pieds rongés par l'humidité et les estropiés en tous genres qui ne se déplacent qu'à grand-peine appuyés sur des béquilles ou sur leur jambe de bois, ceux qui claudiquent victimes du "pied de tranchée", d'engelures ou de la gangrène, qui leur a dévoré les orteils, les édentés aux chicots déchaussés par l'absence d'hygiène et la nourriture carencée.

Ils sont tous là autour de moi.

Ceux qui sont qui ont sombré dans la folie, enfermés dans des asiles, qui errent comme des âmes en peine ou qui tremblent de tous leurs membres sans pouvoir s'arrêter.

Ceux devenus sourds, les tympans crevés par les explosions, les muets dont le cerveau refuse de les laisser exprimer ce qu'ils ont vu et vécu.

Les aveugles dont la dernière vision, l'ultime image sera celle de l'horreur, de la folie des hommes et de la souffrance.

Les Martyrs de Verdun

Ils sont tous là autour de moi, tous les autres.

Ceux qui y ont laissé leur peau, fauchés par une balle, emportés dans l'explosion d'un obus, déchiquetés par une grenade, démembrés et éparpillés par une mine, éventrés par le tranchant d'une baïonnette, coupés en deux par une rafale de mitrailleuse, brulés vifs au lance-flamme, asphyxiés par le gaz moutarde, écrasés sous les chenilles d'un char, enterrés vivant par l'effondrement de leur tranchée, détruits de l'intérieur par la dysenterie, le typhus et le scorbut.

Et ceux qui ont préféré la mort ; ceux qui se la sont donnée eux-mêmes en se tirant une balle dans la tête ou en allant volontairement la chercher dans le camp adverse ; ceux qui ont été exécutés, sur ordre d'un tribunal militaire, pour avoir refusé de servir de chair à canon ou qui ne voulaient tout simplement pas tuer d'autres hommes.

Ils sont tous là autour de moi, les morts, les entrailles offertes aux corbeaux et aux rats, les troncs sans bras, sans jambes ou sans tête, ceux aux corps déchiquetés et méconnaissables, les anonymes dont on n'a même pas pu écrire le nom sur leur tombe, ceux dont on n'a jamais retrouvé les corps, enterrés vivants dans leur tranchée dévastée ou dans une galerie de sape.

Ils sont tous là autour de moi, **les Martyrs de Verdun**, toutes ces victimes de l'indicible horreur de la guerre.

Je pose affectueusement ma main sur l'épaule de mon grand-père et, sans prononcer un mot, je quitte la pièce. L'air frais du dehors me fait du bien, il m'aide à chasser ces images qui défilent dans ma tête, à revenir dans le monde des vivants, au présent. Maintenant, je comprends mieux son silence, la douleur toujours aussi vive dans son esprit, comme une plaie qui ne se refermera jamais.